您养我长大 我陪您慢慢变老

在母亲慈爱的目光中，我们慢慢成熟。在未来点滴的时光中，我们一起老去。

杨梅春 著

敦煌文艺出版社

图书在版编目（ＣＩＰ）数据

您养我长大 我陪您慢慢变老 / 杨梅春著. -- 兰州：敦煌文艺出版社，2018.1(2023.1重印)

ISBN 978-7-5468-1544-2

Ⅰ．①您… Ⅱ．①杨… Ⅲ．①传记文学－中国－当代 Ⅳ．①I25

中国版本图书馆CIP数据核字（2018）第006139号

您养我长大 我陪您慢慢变老

杨梅春 著

责任编辑：李 佳
装帧设计：刘恒云

敦煌文艺出版社出版、发行
地址：（730030）兰州市城关区读者大道 568 号
邮箱：dunhuangwenyi1958@163.com
0931-8773259（编辑部）
0931-8773235（发行部）

天津旭丰源印刷有限公司印刷
开本 787 毫米×1092 毫米 1/32 印张 3.625 插页 3 字数 62 千
2018 年 3 月第 1 版 2023 年 1 月第 2 次印刷
印数：7 001～10000 册

ISBN 978-7-5468-1544-2
定价：48.00 元

目　录

母亲的身世与婚姻

窗外柳色正浓，春天如期而至，身在外地良久的我，思乡之情却未浓过。

某一日闲来无事，我去公园闲逛，看到一女子领着自己的宝贝逛公园，那孩子皮实得很，四处跑腾，慌得母亲四处跟着，生怕孩子出一点点问题。

那孩子却不听话，周围的叔叔阿姨都抿嘴微笑，看着母子俩斗智斗勇。

一个趔趄，孩子跌地上哭了，周围人都哄然大笑，母亲连忙扶起孩子，一边拍打着孩子身上的灰尘，一边埋怨道："你看看，你看看。"

我不禁也笑了，忽然想起远在家乡的我的母

亲，不知道她现在在忙啥。

如今生活水平提高了，妈妈会不会舍得弄点好吃的给自己了，是不是还是每日忙得团团转，是不是依然不肯歇下来给自己一点休闲的时光？

我这个脾气急躁且性格倔强的女儿忽然心如潮涌，忍不住提笔写下这几十年的点点滴滴，以告慰我不安的灵魂。

出生在 20 世纪 80 年代的我上小学赶上了六年制，上初中遇上了教材全面改革，上高中时又经历了教育制度改革和大学扩招。

我毕业后，独自一人去人才市场找工作，面对陌生人连话都不敢说的我，只能看着周围人来人往，心里一个劲儿地打鼓，就是不敢跟公司的招聘人员讲上一句话。

"80 后"的我们除了拼个人能力外，还要拼爹、拼妈、拼叔叔，如果没有可拼的资源，自己又没有任何长项，那就像我一样，奋斗多年仍旧一无所获。

　　尽管生活如此艰辛，母亲的安在就是我活下去的最大理由，也是最大的动力。

　　我坚韧而不懈的努力，都是为了年迈的母亲。

　　老去的母亲，您已经陪我慢慢长大了，如今，需要孩子来陪您慢慢地老去。

　　小时候刚记事，农村要实施家庭联产承包责任制。

　　我记得有一次去爸妈所在的生产大队院子·里面找爸爸，妈妈要我喊他回家吃饭。

　　我走进大队院子，里面黑压压的一片，到处都是人。不记得那年我几岁了，小小的我在大人密集的大腿丛林间穿梭，边走边抬头四处仰望着找爸爸。

　　恍惚记得还叫错了一个人，人家说你爸爸在那边，然后我才在人群角落处找到了爸爸，爸爸说还没开完会，让我先回家。

　　也就是从那天后，我们家有了一头大型动物——骡子。

　　生产队要解散，队里的资源要分配，耕地离不开牲畜，骡子是生产队分配给家里干活的牲畜，是驴子与马通婚生下的孩子。其特点是身强力壮，干活是把好手，比驴子性格温顺，比马力气大。

当那个队里出了名老实的老骡子来我家后，我们都非常高兴地围着它转，它那温柔漂亮的大眼睛和善地看着我们，明亮敦厚的瞳孔内映衬出我们的笑脸。

哥哥胆子大过去摸它，我胆怯地试了几次，小心翼翼地把手放在它那乌黑发亮的脖子上。而它只是温柔地低头看了看我们这几个小屁孩，又吃草去了。

生产队解散后，父母忙于地里的活计，任由我们自由成长。于是，我就拥有了一个无拘无束，四处撒野的童年。

回顾童年，我在母亲羽翼之下安然成长。

那个时候村里到处都有果树，村东小路尽头是一个乱坟岗子，岗子很大很长，有很多坟头，也有很多枣树，林木森森，杂草丛生。

记忆中有一次，爷爷拄着拐杖带着我和弟弟，走在岗子上面的小路上，爷爷用拐杖指着那一片枣树林对我们说："那儿以前是咱们家的。"我很奇怪，为什么以前是我们家的，后来却不是了呢？爷爷当然也没跟我们说后来为啥又不是了。听周围上了年纪的人说，爷爷以前是很富有的，妈妈嫁给爸爸的时候，爷爷给了他们二百块钱的彩礼，这是妈妈亲口告诉我的。

二百块钱对于 20 世纪 70 年代早期的农村来说是多少钱，我是没法子知道了，或许真是很大的一笔彩礼。对于当时贫困的母亲娘家人来说，这个彩礼钱足够舅舅们娶媳妇。

母亲生于一个贫困的家庭，姥爷在母亲只有几岁的时候便去世了，留下了六个孩子。姥姥后天聋哑，家里的经济支柱只能是大舅。

大舅早年做木工养活家人，由于贫困以至年龄很大了才娶了大舅母，大舅母还带来了与前夫所生的两个女儿。

我有四个舅舅，长大后才知道原来还有第五个舅舅。因为他与最小的舅舅是双胞胎，生下后因为养不起就送人了。以至于到现在也没人分得清他与小舅舅到底谁大，索性就不分大小了，反正他们也没在一个村里生活。

前些年大姨母去世，所有兄弟姊妹都到了，唯独没有通知在外地打工的五舅舅，等他回来知道后，便跑去大姨母坟前大哭了一场。

听舅舅们讲，他哭着问当年为啥要把他送走，那么多兄弟，为什么单单要把他送人！

这么多年过去了，五舅舅心结难解，可那个贫穷的年代，但凡能养活得了，谁家舍得把孩子送人啊！

三舅因为家里穷，人又长得丑，四十多岁的时候才入赘到本村死了男人的三舅母家，总算也成家了，从此只剩下孤零零的姥姥。

姥姥那个时候七十多岁了，知道舅舅有了媳妇，开心得不得了。母亲去看她的时候，她高兴地咧着嘴巴叽叽哇哇，谁也听不懂她在说什么，但是母亲能感受到姥姥的喜悦，在一旁温柔地倾听。

我害怕姥姥，因为听不惯她说话的声音，奇怪的是母亲不像我，她不害怕姥姥唠叨。

没有儿子依傍的姥姥，很快就衰老了。舅舅把她安置在旧屋内，平时大家都忙，没人天天陪着老人，轮到谁家，就送一日三餐过去而已。

那年，我陪母亲回老家上坟，顺便去看姥姥。

姥姥静静的一个人，安然地坐在院子里的槐树下，让母亲给她梳头。

我看到姥姥的头皮已经油腻，几根花白头发还长在头皮上，枯瘦的胳膊，苍老的脸庞。

我心里很是难过，一股孤独凄凉的感觉油然而生，就问母亲为啥不能把姥姥接回家里去。母亲没说话，她也知道自己没时间照顾自己的母亲。

姥姥虽儿女众多，到老却没有人陪伴，只能自己一个人浑浑噩噩地面对昏黄日子。

直到有一天，我放学回家，母亲给我说姥姥去世了，她的泪水潸然而下，我也难过得无法表达。

此后，母亲心里那份唯一的依靠就永远消失了，她再没了退路，生活的酸甜苦辣，只能自己独自体会。

清苦的农家日子也有乐趣。父亲其实是一个活泼开朗的男人，爱说爱唱，爱讲好玩的故事，母亲有时候也被逗得开心地笑起来。

母亲也会讲故事，讲一些村里口口相传的古老传说。

我记得小时候问母亲："我们是从哪里来的？"我估计当时母亲很尴尬，毕竟她是传统的农村妇女，还没有现代先进的生理卫生教育思想，她给我说我是从别处运过来的。我继续追问，母亲没话答了，就说我是从很远的地方抱过来的。

这下可好了，我没事了就琢磨我是从哪儿运过来的？

有一次看到墙上贴着的报纸，报纸上有几个女工守着几个摇篮。我就问母亲："我是从那里来的吗？"母亲点头。大概是被我问得词穷了，赶紧找个答案。

于是，我经常看那幅画，想象那里究竟是什么样子，我们是怎么被造出来的？

爸爸有时候故作后悔的样子说他年轻的时候被邻村一家人看上了，人家女方特别喜欢他，经常邀请他去家里吃饭，可是爷爷死活不同意这门亲事，后来他才找到了妈妈。爸爸有时候还故意气妈妈，说妈妈傻、呆。

不善言辞的母亲很少争辩，偶尔急眼了说一句："你好，就你好，个子这么高！"性子急的父亲和慢性子的母亲在一起总是免不了产生摩擦。

农忙时节，每次饭后，急于出发的父亲，忍不住对母亲吼起来："快点，干吗去了？不赶紧去地里干活！"

母亲这个时候总是一言不发，急匆匆地整理东西，赶紧上了马车。父亲就挥舞鞭子，赶着马车出发了。

父亲自小被爷爷惯坏了，脾气暴躁，张口骂人那是家常便饭。

有时候被骂狠了，母亲会小声嘟囔着反抗。所以我心里总是埋怨父亲脾气太暴，母亲又太软弱。

自此我对父亲有了很多意见，觉得他对母亲太刻薄，除了会骂母亲，欺负母亲，啥也干不好。

年少的我，心中一直对父亲有不满，于是更加同情母亲的辛苦与不易。

有一次，我们去地里干活，爸爸要安装柴油机以带动地下井内的抽水泵往上抽水，来灌溉地里的庄稼。

那是 20 世纪八九十年代，农村还没有用电动发动机的抽水泵浇地，都是靠自家购置柴油机和水管来带动地下水泵往上抽水浇地。

奈何柴油机的带子总掉，父亲着急叫骂了几句，弄得大家神经紧张，我心里更是愤愤不平。

干完活儿，收拾东西准备回家的时候，母亲看到父亲肩膀上趴着一只虫子，温柔地伸手过去说："这是什么啊?"顺手就给拿掉了。

我看不惯，心想母亲可真是健忘，刚才还被父亲骂呢，现在又对他这么好，凭啥? 我忍不住对母亲叫嚷："管他干吗!"母亲不说话，父亲美滋滋地说："你懂什么!"我觉得母亲真窝囊，真是不记仇啊。

20 世纪 80 年代初，北方农村的男人很辛苦，田间地里的重活儿累活儿都是他们在做。

相对于母亲，父亲不必承担繁重的家务活，所以父亲连最简单的熬粥都不会，这些家庭琐事，更多的还是在母亲身上。

与我同龄的孩子很少有人说自己的爸爸每天忙完地里的活计，回家还要忙家务、做饭、洗衣服、带孩子的。

我非常同情母亲，也更加坚定了我要走出农村的信念，我想摆脱农村传统观念对女性精神和肉体的双重束缚。

那时的我一直思考：为啥同样去地里干活，男人回家就能歇会睡觉，女人还要做饭洗衣呢？凭啥男人不能像女人一样带孩子、洗衣服、做饭呢？为啥家里的大小事都是父亲说了算？母亲只能唯命是从，队里有了什么事儿，左邻右舍来了也是找父亲商议，母亲没有参与的份儿。

中国几千年的传统观念，女性的地位一直比较低。或许真正的传统文化并不提倡认可男尊女卑，但到了社会实际层面上，却最终造成了这个结果。

父亲是爷爷家里的老幺，也就是最小的孩子，而且还是个儿子，自然倍受宠爱。爷爷的生活能力很强，按当时的说法算富裕的中农。

因此，幼年的父亲吃穿自然比普通农家孩子要好得多。

用母亲的话来说，爸爸吃肉已经吃腻了，因此在家里，父亲经常要求母亲给他烙玉米面饼子吃。

我们村子地处华北平原腹地，得天独厚沃野千里，我小时候就已经吃上了白面馍馍，吃玉米面饼子的日子并不多。

青黄不接的日子，家里没有蔬菜，我们常常顿顿吃大白萝卜咸菜，正是长身体的时候啊，我们却吃不到有营养的饭菜，或许这是我们这一代个子普遍不高的原因。

有时候我们吃腻了白面馒头，母亲就教育我们要忆苦思甜，说她们小时候多么困难，别说白面馍馍，连玉米面饼子都吃不上，吃个红薯面饼子，还得掺上糠。

"糠？就是家里养的猪吃的那个糠吗？"我惊奇地问。

母亲说："是啊。"

"那个怎么吃啊？又黑，又干，又脏。"我惊讶地说。

母亲说："那会儿没有别的吃的，不吃这个吃什么啊?"

艰辛的日子造就了母亲这一代农村妇女吃苦耐劳的性子，她们就像刺猬，虽然披着带刺的外衣，但面对自己的孩子，依然能展开温柔的怀抱，让他们享受一个快乐自由的童年。

母亲羽翼之下的自在童年

　　遥想当年，农村的野孩子都如我一样吗？往事如昨，他们是否如我一样如此平凡而不甘平庸的生活着。或为梦想，或为追求，或为……

　　我小时候像男孩子一样淘气，天天带着弟弟四处跑，村南村北的那个淘哇。

　　我们春天去地里抓虫子，夏天去菜园子里偷黄瓜，秋天最美了，去果园里面摘梨子和苹果，冬天跟小伙伴们天天玩抓小羊、跳格子之类的游戏，反正不闲着。

　　每次玩完回家，母亲都会冲我叫："出去，出去，外面玩去。"

她总是怪我们太闹腾，把她刚刚整理好的屋子弄乱弄脏。只要爸妈不在家，我必然会带着弟弟翻箱倒柜乱折腾。

爸爸虽不会抽烟，但我们家也有烟，是为了上门的客人准备的。

有一次，趁爸妈上地里干活去了，我关上门窗，弟弟跑出去特意把大门也给上了闩。哈，一切准备就绪后，我们就从抽屉里面翻出烟来，我跟弟弟点燃一根，轮流吸。可是呛死我们了，烟味真没有预想得那么好。

我俩每人只抽了一口就受不了了，我把烟掐灭，然后赶紧打开大门和窗子，放跑烟味，若让妈妈回来发现，我们会被训斥一番。

事后，我跟弟弟讨论为啥大人抽烟抽得那么香，还会上瘾，关键是根本不香啊！

"少小离家老大回，乡音无改鬓毛衰。"贺知章的诗句让人感慨，让人伤感。

如今我离家千里之外，记忆中更多的是儿时的自己玩乐的情景，而对于母亲的记忆，更多的是她总是一天到晚忙个不停。

早上母亲先喂猪喂鸡，然后给全家人做早饭，饭后去地里干活，中午回来还得给全家人做午饭，午饭后也不休息一下，就又去地里干活，晚上回来后继续做晚饭，饭后收拾收拾，直到很晚才能睡下。

那个时候我非常好奇，为什么母亲一天到晚地忙，而爸爸就不是。

他总是午饭后去睡一会，晚上还出去溜达一圈，唠嗑闲坐后才回来。

这让我非常羡慕男人，可以如此轻松自在，因此我从小就幻想长大后做个男人，不要做女人，更不要每天围着锅碗瓢盆转。

放暑假的时候，爸妈去地里干活，我跟哥哥在家里，哥哥总是让我去做饭，我气愤不过，跟哥哥理论："你比我大，你干吗不做饭！"每次哥哥的理由也很充分："你是女孩子，就得做饭，做饭就是你们该干的！"我被气得无处发泄，却无力辩驳。心里特别恨自己是个女娃，为啥不能托生成一个男孩子呢。

只要哥哥说我是小丫头片子，我就气愤地和他撕打。

我从小就不喜欢做一个女孩子，因此我做很多事情都模仿男孩子，比如走路、跑步等。

母亲每日忙于家务活儿和农田里面的活计，很少关注我的心理变化，包括我跟她吵架后，赌气离家出走，她也没在意。

倒是我每次还没走远，就开始想自己能去哪儿里呢？以后离开了妈妈，没有吃的，没有穿的，冬天要被冻死，晚上又没有厚被子盖。于是我又放下自尊心，乖乖地回家去了。

那个时候大哥已经上小学了，在他上课，妈妈去地里干活时，我跟弟弟玩累了，就坐在大门口门槛上，呆呆地望着门前的路，盼望着母亲的身影出现。

然而，在田野里劳作的母亲并不会担心我们在干吗，是否玩累了，能不能进家门，有没有饭吃。

母亲温柔而和善，说话很少大声，平时对我们嘘寒问暖关心备至。

那时候，生产队刚刚解散，每家每户都分了不少责任田。

由于我们村临近沙河，河岸上有一大片白沙地，因此每家分得不少沙滩地。地里长满了槐柠，大小灌木到处都是，可是要在白花花的沙土上面种庄稼，谈何容易。

没有任何营养分子的白沙地，如何能长出庄稼？更何况沙地上还有大小灌木丛，要种庄稼就必须先把沙土地上的槐柠都砍掉，把杂草铲除，才能施肥，改善土质，耕种庄稼。

我们那会儿还小，不过三四岁的光景，父母不舍得让我们去地里干活，可又没人看护，只能任由我们疯玩疯跑。

于是，我们到现在也不知道：白沙河的灌木丛中是什么样子；槐树林子是否茂密；父母当年是如何艰辛地把那槐柠一棵一棵的砍掉；母亲是怎样把盘根错节的灌木树枝从深深的沙土地里面挖出来，然后砍断、焚烧。

白沙地干燥缺水的环境，使槐梓扎根非常深，再加上白沙不容易堆砌成块，要在白沙中挖树根，难度实在很大。

恍惚记得父母经常用木推车推回来一堆堆的树枝，母亲做饭时候的燃料便是它们了。

到我们能跑到沙土地玩耍的年龄，沙地里已经没有了槐梓，也没有了大小灌木丛，沙地上一片空旷，只有庄稼在默默生长。

一望无际的白沙原野，偶尔才能看到一个人影。干涸的沙土地，白白的沙子，夏天走在沙子上面，能把脚丫子烫熟了。

有时跟父母去地里干活，我被晒得躲在地头林荫下，看着四周单调的白沙与绿色，让我觉得天地都沉寂了。

忽而觉得耳旁有什么声音一直在响，窸窸窣窣的，我竖起耳朵仔细一听却什么也没有。

偶尔响起的蝉声，让人愈加觉得这里空旷无比。

　　曾经跟小伙伴去小路旁的灌木丛中穿梭玩耍，去寻找母亲告诉我的灵丹妙药。

　　母亲曾经惊喜地告诉我灌木丛里有一种灵丹妙药，能治愈各种伤口，而且伤口会止血愈合得非常快。

　　那应该是一种菌类，白白的小包，类似蘑菇，在林荫地上长着。

　　秋天把它晒干了，轻轻掐破一点口子，里面是灰褐色的粉末。

　　就是这种粉末，我很想见识它神奇的功效。

　　终于有一次，我不知道怎么把皮肤一处给弄破了，我兴奋地把这粉末敷在了伤口上，伤口马上不流血了，不久就结痂了。

　　过了两三天，我一抠血痂，嘿，伤口居然真的好了！没留下疤痕，这小东西果然神奇。

　　后来随着人们垦地的热情高涨，沙地上残存的一些灌木丛被一点点蚕食掉，后来沙土地成了农业用地后，这种东西再没见过了。

　　沙土地中不仅有灵丹妙药，而且还有一种很奇怪的小虫子。母亲告诉我这种虫子在沙土地上会钻出一个小小的漏斗来。

现在猜测母亲小时候是不是也玩过这些？这种虫子的俗名叫老道。为什么叫老道？我现在也没想明白，不过它的确是好玩。

只要你在沙地上看到小小的漏斗形的窝窝，顺着窝窝边缘挖下去，准能找到老道。

或者捉一只蚂蚁放在窝窝内，不停地喊："老道开门，开门。"然后再去窝窝边缘挖，保准就有老道藏在窝窝下面。

可惜如今记不清老道的模样啦，只记得是一种小小的黑色的虫子，类似蜘蛛大小。

沙土地距离沙河有一段距离，要穿过十来里的沙土地才能到达沙河堤坝。

听说村南的沙河自古就有。父亲说他小时候，那条季节河常年流水，他们童年多是在河水中长大，因此父亲与叔伯都会游泳。

20 世纪80 年代的沙河已经很少流水了，只在每年夏季暴风雨之后才会有水流下来。至于水是从哪儿流下来的，问母亲，她也答不上来，只说是山上。

山上？于是我经常站在房顶上，眺望西方隐隐约约浮现的崇山峻岭，看看是否能找到沙河的源头。

我去沙土地玩的时候，站在村口高高的岗子上，眺望西边，啥也看不到，只有在雷雨后，空气清新，可以看见远处群山峰峦叠嶂，山势忽而平缓忽而又凸显奇峰，恍惚之间它们好像飘浮在空中。

一度以为自己看到了海市蜃楼，等我长大后，才知道那就是华北平原北部的太行山脉。

沙河水甘甜清澈，在阳光下闪耀着点点亮光，给了儿时的我们太多美好的回忆。

河边的青青碧草俗称"尖草"，后来查资料得知它的学名应该是"蓟"。

阳春三月，万物复苏，漫漫沙河滩上，枯黄的叶子中间透出隐约绿意，这就是"尖草"的花蕊在偷偷地露头。

清明节前后，我们去采摘"尖草"的花蕊，从一丛"尖草"枯黄的叶子中间轻轻一抽，一个碧绿嫩黄的"穗穗"出来了，轻轻剥开外面的叶子，把里面毛茸茸的蕊放进嘴巴里面，味道绵软香甜。

这当然是母亲告诉我们的美食，而且她还带我们在田间地头寻找过这种草。于是之后的每年春天，我都会带着弟弟去河边找寻一番。

现在看来，母亲小时候都是在大自然中寻找乐趣。

虽然大自然的馈赠如此丰厚，但是也难保她们不会饿肚皮。

20 世纪 50 年代的中国，母亲出生的时候，正是国家百废待兴的时刻，吃穿用等都成问题，哪儿还有心思放纵玩耍？

田间地头吸引我们的还有一种草根，白白的，一节一节的毛毛根，我们称它为"甜甜根"。吃起来是有点淡淡的甜味，如果挖到好的，会非常甜。

对我们这群野孩子来说，这是多么大的诱惑啊。现在看到大街上有卖一种草根，叫作鱼腥草，跟我们吃过的这种草根很像。

　　20 世纪 80 年代初的农村里没有幼儿园，满大街、满村子里窜的都是我们这群野孩子。无论男孩女孩都是一样疯，甚至女孩子比男孩子都能跑，能折腾。

　　我们爬树登高，下河捞鱼，翻墙头，还有钻村里老房子，这些都不在话下。

　　土坯垒就的黄土屋子，常常是各种虫子的安乐窝，尤其是没人住的院子和老人们独居的地方。

　　我们会拿着一个小瓶子，去掏土坯墙上面的洞，洞内常有簸箕虫。

　　妈妈鼓励我们去掏虫子，她说母鸡吃了这种虫子不仅可以治病，而且能多下蛋，下蛋多了多卖钱给我们买零食吃。

　　在母亲的鼓励下，我兴趣盎然地跟小伙伴们在村里各个角落寻找簸箕虫。

　　说来也怪，这虫子就喜欢在土里窝着，我们用手刨坑掏洞，就会看到大大小小虫子在土里面惊慌失措地乱爬。偶尔运气好的时候，可以逮到指甲盖大的虫子，我开心地拿回家向母亲邀功去了。

春夏季节常常下大雨，因为沙河上游尚未修建水库，所以只要有雨，沙河河床就一片汪洋。

偶尔听大人们述说：谁从河里捞出来多少小鱼儿，家里有鱼肉吃啦；还有多大多大的鱼儿，被谁拉走了。

那片神秘的水域，对孩子们的诱惑力是非常大的，但是危险性也是很高的，基本上每年都有孩子溺死在河水中。

母亲不让我们去沙河玩，怕我们会出意外。可是她拗不过我们，于是在千叮咛万嘱咐之后，还是让我们去了。

我那会是个野丫头，弟弟就是我忠实的粉丝，我去哪儿，他都没有二话地跟从。

村里到河滩有十来里地的路程，我们光着脚丫子走过去，也不管路难不难走，硌不硌脚。

从村口出来往南行，有一段很长的下坡路，因为村子地势高。也许自古以来，村民们为了防止被沙河水淹，才将家安在这么高的地势上。

过了下坡路一路南行，望见一片蒿草地时就离河滩不远了。

蒿草地东边就是大堤坝，大堤北部内里就是沙土地，大堤南边外就是河床。

远望去，闪着银光的水从西往东流。清澈见底的水中，果然有鱼儿，不过都是一寸或半寸长的小草鱼。偶尔见到大点的鱼儿，也不过两寸长。

沙滩上到处是晒干的各种小鱼儿，我看着心里惋惜，然而我始终没有见过大人口中传说的那么大，那么长的鱼儿。

记忆中，母亲很少跟我们一起去玩水，她总是在家里各种忙，即使家里的责任田离水流很近，她也很少去，倒是父亲带我们去过几次。

沙河水跟普通水还是有区别的。在河水中玩耍完回家后，母亲会让我们洗澡，她说河水不干净，我从不以为然。直到有一次，大人们用手指在皮肤上一划，一道白印显现出来。

我出于好奇问他们原因，他们说这是因为河水里面有盐分，所以皮肤才会这样。由此可见，沙河水和普通水果然是不同的。

我记得有一年洪水冲上了堤岸，漫进了农田，把刚刚长到脚背高的花生苗给淹没了。

水退下去后，爸爸赶着骡子车带我们一家几口去河边玩。大水过后，路边还留存着水流过的痕迹，斑驳腐败的水草，小鱼虾的尸体，偶尔还有田螺和贝壳。

我沿着河滩搜寻，寻找好玩的东西和没有见过的水生生物。

母亲喊我过去，让我洗澡，我哪肯，就不去。

父亲过来，一手拎着我，一手拎着弟弟，带我们在水中穿行。走着走着，我的脚丫子触不到河底的泥沙了，悬空了，我有点心慌，脚丫子乱扑腾几下，父亲则气定神闲地拎着我们两个到河岸上，乖乖被母亲按着从头洗到脚。

洗完了，还没等我们玩耍够，就又被母亲催着回家去了。

跟母亲去河边玩特没劲，我心里暗暗埋怨。

沙河水温柔地慢慢流淌，从我们儿时茫然无知的眼前缓缓流过，一直渗进每个记忆的细胞内。

河水中有各种小鱼儿、泥鳅和小虾子，还有难得一见的大虾都随着河水一直往东流。

它们最终会流到哪儿去，我不知道。

顺着河水往东看，还是一望无际的白沙河，河水在阳光下闪耀着刺眼的光芒。

河水为什么总是向东流？为什么不能从东往西流呢？东边是大海吗？母亲从来不会了解我的这些小心思，她对于她的女儿的关心，更多的还是停留在衣食的层面上。

也难怪，母亲自小家贫，兄弟姊妹多，她从未上过学，只有家中最小的舅舅上过几天学。

她甚至连自己的名字都不会写，更别提深入了解我内心的思想活动了。

尽管小时候在河里玩水的机会挺多，可我还是没学会游泳。每次下水，我总担心自己会沉下去，浮不起来。

母亲年轻时总是忧虑生活。家里土地多，基本都是靠她与父亲二人之力春耕秋收，除了一头老骡子帮忙犁地、运输粮食以外，其他都是靠他们的双手一点一滴完成。

20世纪五六十年代出生的母亲被残酷的生活打磨成女汉子，她们为了子女整日辛苦，没有现代化机械代劳，没有更多的男劳力扶持，只能靠自己的双手。

如果把她们那个年代的妇女的照片摆出来细细端详，你会发现她们脸上无一不是黝黑的面色，苍老粗糙的皮肤。他们的双手已没有肌肤本来的润泽，更多的是老茧与皱纹。

岁月让她们的女性的柔美荡然无存，只留下母亲特有的憨厚与朴实，它们融化在母亲的每一个笑容，每一个动作里。

嬉戏中的我已慢慢长大

儿时的快乐源泉除了村子周围的沙河果园外，还有各种飞舞的小虫子。

我们与众多虫子结成了伙伴。田野里经常见到的甲壳虫、软体虫、铜壳螂、屎壳郎之类的，多数是害虫。我印象最深的是一种黑色的虫子，背上有白点，头上有两只长长的触角。

这种黑色虫子，老家叫天牛。我家老院子里有一棵树就被这种虫子给咬死了，尽管有啄木鸟前来帮忙，可最后还是没能挽救那棵树悲惨的命运。

母亲给我捉了一只，用钳子把天牛的两颗坚硬的牙齿夹断，防止它咬伤我们，然后用棉线系在天牛的脖子上，让我去放飞。

哇，这太有趣了，我牵着天牛去外面放飞，天牛拼命挥舞两只黑色翅膀往高处飞，长长的棉线被它带出几米长。

它毕竟只有一寸来长，棉线虽轻，但对它而言，还是有点重，飞不了一会儿，就跌落在地面上，任由我们随意摆弄它。

后来我触类旁通，在野地里捉着铜壳螂，也用棉线系上，然后放飞。

这家伙肥胖的身子没有多少力气，飞不了一会儿就累得掉在地上了。

这些都不是令人讨厌的虫子，有的还会带给我们意外的乐趣，最令人厌恶的是无处不在的浑身扎着毛刺的软体虫子——毛毛虫。

它常常在你不经意的时候，爬到身上，要是你用手捏死它，它会淌出几滴绿色汁液来，小嘴巴还一张一张的。

毛毛虫种类非常多，而且大多数是没有毒的。然而，最让母亲闹心的是棉花上的虫子——棉铃虫，这种虫子种类繁多，颜色各异，你走到虫子附近一吼，它们还会吓得一摇一摇地摆来摆去。

母亲为了给孩子们准备棉袄和棉被，不得不种棉花。但是该死的棉铃虫太猖獗了，每到夏季伏天的时候，母亲必须去地里打药杀虫，尽管如此，害虫还是一波一波地生出来，杀不尽，药不绝。

于是母亲就去棉花地里用手捉虫子，顺便给棉花打尖，免得长疯了的棉花棵子只顾着散枝叶，不肯结果子。

我跟着母亲去过几次，又闷又热的夏日，在快一人高的棉花地里面，搜寻着叶子上的绿色虫子，那是怎样的感受。

母亲是很怕虫子的，但是为了棉花不被虫咬，她忍住胆怯，把虫子一个一个捏死。

当然不是用手直接触摸，而是用叶子夹住虫子，然后用手轻轻一捏，那虫子就头尾冒泡地上西天去了。

夏天闷热潮湿，母亲长时间待在棉花地里，会热得起一身痱子，脖子和胳膊上都是，一出汗又痒又疼，可是抓没法抓，挠也不能挠，浑身上下都不舒服。

我曾经跟母亲去棉田干活，也热得起了一身痱子。

我不怕棉铃虫，我经常直接用手捏起虫子，在母亲既羡慕又惊异的目光中，自豪地把虫子丢进瓶子里，带回去给家里屋檐下的小燕子吃。

有一次小燕子从巢里面掉出来，我跟弟弟为了不饿着小燕子，四处打苍蝇，然后喂进它嫩黄的小嘴巴里，谁知道它不领情，不往下咽。我们到底不是它的父母，没法逮到它爱吃的虫子。

现在棉花地里面到处都是棉铃虫，这是小燕子最爱吃的虫子。怀揣着这个目标，我忍着闷热潮湿的伏天天气，在棉花地里面帮母亲杀虫。

不知道母亲对有我这个胆大的女儿是怎样的心情。

常常被她数落不像女孩子的我，就是这么肆无忌惮地慢慢长大了，能帮她干农活了。

要说昆虫里面，还是蝉最吸引我，抓蝉的幼

虫——老牛是夏季傍晚最好的消遣娱乐。

在妈妈的鼓励下，我和小伙伴常常三五成群地去大树下摸老牛。

村东杨树成排，棵棵粗壮，树干粗到几个小孩子都搂抱不过来。

老牛这东西真有灵性，它能感觉到天黑，一到夏季傍晚，老牛就从树下开始往上爬。它用两只钳子状的前爪，在地下倒腾泥土，然后顺着树干使劲往上爬。

小伙伴都很有经验，只要他们看到地上有小窟窿，就去抠土。窟窿往往是不起眼的，还不够黄豆大小。

这是老牛的放风洞口，我们把洞口越抠越大，然后顺着洞口往下挖，一般都能够挖到藏在里面的老牛。

老牛的警觉性很高，只要感觉到上面有土动的声音，它就往下缩。

有时候，即使我们挖得很深，也找不到老牛，大概它钻进更深处找不到了。

母亲让我们把捉回来的老牛放在筛子里面，等一夜。

第二天早上起来，有的老牛就蜕变成蝉了，甚至有的蝉的身体基本上已经变成黑色，不像刚蜕皮的时候，身体、翅膀都柔嫩得很，颜色也发浅。

有时候我们看着老牛蜕皮太慢，忍不住动手帮它撕扯外衣，哪知道这样反而帮了倒忙，老牛往往会因蜕皮不成功而死去，或者像伤了元气一样，半天不动弹。

它蜕皮成功后，身体非常脆弱，翅膀半天都硬不了，更别说飞了。

蝉是分雌雄的，雌的不会叫，只有雄性一天到晚不停吱吱。

如今村东早已经没有了大树，当年我们逮老牛的情景也不再重现，连那时最让人恼火的夏日午后蝉鸣的声音，也逐渐从记忆中消逝。

还记得小时候我把蝉放在妈妈做饭的炉灶内的火上烧烤，那小肉丝吃起来美美的，真是一种难得的美食啊。

　　如今市面上有了人工养殖的老牛，据说是非常高档的高蛋白食品，但是我吃不下去。

　　还是自然生长出来的东西，心里觉得干净自然，激发着我们的食欲。

　　是母亲启发了我认识大自然中的各种奥秘，母亲带领我们从一只小虫子，一片小叶子开始，去观察世界，了解这个神奇的天地。

种植花生

种植花生

世世代代的农民靠土地吃饭穿衣，平时零花钱也依赖于它。

我家乡主要的经济作物是花生和红薯。可是红薯的价格始终不高，所以农民更多时候选择种花生。

每年冬天，当地里的冬小麦开始发芽并酝酿来年的生长时，家里就开始准备来年播种的花生种子了。

花生带壳，需要手剥。那个年代，农村压根没有剥花生的机器，全部都是人工，玉米脱粒也是人工，人们要用手把玉米棒子上面的玉米一粒一粒搓下来。

所以冬闲的时光，其实是闲不下来的。

我们小孩的手肉皮嫩，搓不了一会，手就开始红肿疼痛。母亲专拣干透了的玉米棒子给我们，这样的容易搓下来玉米粒。

剥花生也是如此，要把花生放簸箩里面一个一个剥。

爸爸不干这些细活，冬天夜里串门子是他的主要工作。母亲则每晚等我们放学归来，带着我们兄妹三人搓玉米，剥花生。

母亲每天很早起床，忙于家务活，做猪食，喂养鸡鸭，如此天长日久下来，母亲的手一到冬天就会裂开几个大口子，黑黢黢的，翻着粉色的肉，刺痛难忍，我都不忍看。

干活的时候，母亲就贴上胶布来保护手指头，或者买个膏药，贴在伤口处。尽管做了各种保护措施，但是架不住日复一日地反复磨损，伤口依然疼痛不已。

后来到我们上了高中，也就是 90 年代后期，农村逐步普及了机械化劳作，玉米与花生都可以用机器来脱粒去壳了，母亲的手才摆脱了繁重劳动，逐渐好了起来，冬天很少再裂大口子了。

这些冬日的农活琐碎，耗时较长，但相对而言并不浪费体力。秋收才是最累人的时候。

每年秋收时，父母天天辛苦劳作，早出晚归，吃不上完整喷香的饭菜是正常的事情。

中秋前后花生熟了，要赶紧收，否则就烂在土里长芽了；玉米熟了，要赶紧收，否则会耽误小麦的种植。

爸妈把花生和玉米都搞定了，还得去收红薯，收完红薯还必须把它擦成红薯片，然后晾干便于保存，以供来年食用。

摘花生最费工夫，需要把花生从花生棵子上一颗一颗摘下来，扔在筐内。

那是一种用植物的细长枝条编制成的竹篓，小时候见爸爸编制过。

采集春天柔嫩的柳枝或者杨树枝条，用火微熏，木质较软后，开始编制，粗点的枝干需火烤至柔韧度最好的时候，然后用力拧弯，固定在筐子的一边，方便用来肩扛或手提。

花生装满筐后，倒入尼龙袋内，套在家里的大马车上，然后把打包好的花生袋子运回家。

把花生放在房顶晾晒干燥后，就可以贮存起来。或者直接把花生拉去脱壳，然后将花生米运到农贸市场上卖掉。

把花生从土里刨出来，也是一件费力气的活儿。

父亲每到雨后或者浇水后，土地松软了才去地里刨花生。如果土地太干，土质太硬，不仅耗损人力，而且磨损农具。

父亲拿着钉耙顺着花生根部耙下去，土地被扒拉松了，花生棵子从土里面显露出来，再耙几下之后，耙子会带出一串串嫩嫩的果子，它们哗啦哗啦地晃动着，沙土扑簌簌地落下，黄黄的花生显得格外耀眼，让人体会到丰收的感觉。

可是遇到年成不好的时候，父母看着贫瘠的土地，一个劲儿叹气。

花生棵子上面吊着几颗垂头丧气的小花生果，

黄糙糙的花生壳，带着泥土的污浊，让人心情更加低落。

有的花生棵子上面的花生壳咧开嘴，露出红红的花生米，这是长爆了的果子，不知道是什么原因，或许是水分太大了，或许是营养太好了。

如果埋在土里面的还没成熟的花生棵子不小心露出地面，被阳光一晒，它的皮就会变成绿色。在花生地里，只要看到绿皮的花生果，那铁定是被太阳晒了，但里面的花生粒还是红色的。

把嫩生生的花生拿回去煮煮，放点盐，吃起来面面的，真是美味。

现在我们一年四季都可以吃到煮花生。可是小时候，妈妈总舍不得给我们煮花生吃，她说想吃就剥个生的解馋吧。

尽管那个时候家里有好几亩地的花生，但她想着把花生米留着多卖点钱，好给她的孩子们上学交学费。

所以那个时候，我非常羡慕邻家孩子，他们能轻而易举地吃到自家煮的花生。而我直到大学毕业后，再回到故乡的时候，妈妈才舍得煮花生给我吃。

我们村里产的花生，果壳纹路清晰，果实皮肤白皙，摆在桌面俨然是上好的农产品。这要归功于流沙河的沙地，土质干净，沙土空气流通好，才能培育出这么好的花生果子。

相比而言，普通泥土地里面生长出来的花生，色相则差很多，不是颗粒较小，就是果壳上有黄色斑点，还带着一股泥土的腥味。

我们村多亏种了花生，遇到丰收年，还能大卖，换得钞票，我们兄妹三人才有机会去上学。所以每年秋收卖花生是那个时候父母的重任。

20世纪末有几年，花生的市场价格上涨，曾经一度创造了历史最高销售价格。父母欣慰之余，也有钱供我们千里求学。

那时，我们去田间地头收花生，已经不用耙子一颗一颗地刨花生了，而是让家里的骡子套上犁，去地里犁垄沟中间的土地，把土壤犁松后，再把花生从土里面拔出来。

这样虽然节省了人力，但是容易漏掉一些花生，所以摘完花生后，母亲还依依不舍地在土里面刨刨，挖出遗漏在土壤里面的花生果子。

这些花生会被土壤里面一种白色身体，乌黑尾部的软体虫子啃噬。

这种虫子俗名叫蛴螬（学名：蛴螬，一种害虫），专门吃土壤里面植物的根茎之类。把花生棵子提溜起来，上面的黑洞就是蛴螬的杰作。

因此每次遇到这种虫子，母亲就会用脚丫子使劲踩几下，把虫子踩死，尽管她胆小害怕虫子，但是为了花生，她忍住胆怯与害虫决一死战。

我恰恰相反，这种虫子根本不值得我心惊胆战，每次遇到它，我都很自如地把它消灭在土壤中。至于办法，就是用手把虫子推进土内，然后使劲一挤，虫子就头尾喷粪死翘翘了。

为了不看到更恶心的场面，我是后来才学会这招的。如此算来，死在我手下的虫子不计其数。

我们县城的花生交易市场繁华热闹，曾经在华北名噪一时。

然而，自我记事起，它已经没有当年的繁华热闹。随着时间流逝，它在华北的经济舞台上销声匿迹了。

对于农村世世代代以耕种谋生的农民来说，家庭主要的经济收入还是仰仗于花生的变现能力。

我们是幸运的，我们上大学的时候是花生市场行情最好的时候，否则我们就没有机会去高等学府体验幸福的大学生活了。

八月下旬是花生成熟的季节，村镇附近的柏油马路上的人络绎不绝，他们要奔向镇上的花生市场。花生贩子也从四面八方奔过来，带着小泵、钞票和麻袋，拥挤在市场上。

那几年花生市场火爆的时候，农民上午下地收花生，下午回来给花生去皮，晚上就直接把花生米拉到集市上去卖。那是花生交易的旺季，市场价格很不错。

由于晚上看不清楚，有些不法商贩就把假币混在钞票内，坑害了很多农民。

我曾经跟随父母去集市卖过一次花生，大概夜里十一二点，爸妈收拾妥当后，就套上马车，拉上花生米往镇上走。

寂静冷清的秋季傍晚，月光不明，薄纱笼罩着田野，夜色中各种小虫子吱吱乱叫。我躺在花生袋子上，安详地看着天空，一路听着骡子的坚硬蹄子踏在公路上清晰、欢快的声音，睡意渐渐袭来。

走到集市上，我大吃一惊，原来这里人这么多，不比白天赶集的人少。

大家都已经摆开了阵势，有利地形被占满了。父亲不满意地嘟囔着，埋怨我们来晚了，没好地方了。他与母亲找了一个地方，把花生米袋子卸下，然后把骡车赶出市场，找了个地方拴上骡子。

天色逐渐暗下去，周围人都没有睡意，大家小声地说着话。

认识的，不认识的，因为都是来卖花生米的，彼此之间有了共同的话题，纷纷谈论着今年各家的收成如何，哪儿的花生米好，哪个品种最出数，还有谁家种得最多，卖得价格最好。彼此之间，开诚布公地讨论着市场行情。

　　我向四周望去，都是花生米袋子，横七竖八地排列着。我躺在结实的花生米袋子上，眯着眼睛想睡一会，奈何夜风阵阵，周围人们小声地谈话让我的困意都消散了。

　　月亮西沉的时候，贩子逐渐来到市场上，他们的标志是夹着大把的空麻袋，再带个小皮包，皮包里面鼓鼓囊囊的肯定是钞票。

　　很多农民热情地围上去，纷纷推销自家的花生。

　　父亲虽然擅长在家里高谈阔论，但在市场上却没有了那份激情，显露出售卖人的那种卑微渺小之情，母亲更是木讷少言，我少不更事，从小依赖父母，现在只有看热闹的份儿。

　　会推销、成交早的人们开始纷纷离去，市场上的人也渐渐少了。父亲还是静候买家过来挑选花生。

　　有的贩子过来抓一把花生看看成色，再放一颗在嘴里咀嚼干湿程度；有的经验丰富的还会把手伸进袋子底下，翻江倒海地倒腾那点可怜的花生米。

　　因为有的人投机取巧，把大个品相好的放在袋子口上面，把品相不良的花生米放在袋子最下面。

只要不计较价格，花生都能被卖出去。但也有市场疲软的时候，爸妈为了一斤几分钱的利润，想着能多争取就多争取点，结果花生就会卖不出去，只能等下一个集市情况好转后，再顺利脱手。

父亲有时候很沮丧，母亲也不说话，当听到人家卖了好价钱，他们心里更难受。因此两个人难免争吵起来，彼此发泄不满，父亲急了就会骂人，母亲更多时候只能妥协不说话了。

尽管如此艰难，父母还是想尽办法把花生卖掉，因为孩子上学需要钱，他们不得不为了一斤几分钱，总共几百斤的花生米要少挣一二百元而懊恼让步。

父亲上学的时候很聪明，但由于"文革"没能念出名堂来，只好委屈自己做个农民。

年少得意的他，如今落到如此地步，心里煎熬得很。爷爷已入土多年，他没法再像个受宠的孩子一样得到精神的慰藉。

于是他对生活更多的是愤恨不平，对世事不

满，心中的恼火，现实的无奈都一股脑地发泄给母亲。母亲不善言辞，只好闷着、听着，柔情地包容着小她几岁的丈夫。

我每每回忆起那次卖花生的经历，心里还是觉得有几分心酸。父母那几年，经常这样夜不能寐地赶去集市，兜售花生米，顾不得白天的操劳。母亲的艰辛，父亲的操劳，挣得如今日子，真是幸运。

乡村小路上奔走的马车、驴车，还有偶尔开过去的二轮车，都是 20 世纪末北方这个小镇的生活画面。

花生市场的繁荣也影响了农村一些产业结构的变化。

以前人们都是自家种自家收，后来到了 20 世纪 90 年代后期渐渐出现了雇工。

一开始是附近村里不忙的老婆婆们，来我们这几个大村内揽摘花生的活儿，挣点零花钱。最初一天五块钱，慢慢地就涨到了一天八块钱。

母亲总是舍不得雇人，再累也要自己去摘。

当时我已经上了高中，住在学校，家里只有爸妈两个人忙乎，实在是太累了。他们有时来不及摘，就干脆把花生从地里拉回家里，晚上加班加点地摘。

等我上大学走后，父亲为了多挣钱，又租了十来亩花生地，于是他不得不雇人来收。

雇人的价格也一路飙涨，从八块到十块，然后到二十块。各个村子出现了不少有组织的专业摘花生的队伍，领队的人纷纷来村里揽活。

纵眼望去，秋阳高照，一望无际的沃野散布着点点人影，偶尔还能听到领队的引吭高歌。很多农民回忆起当年在生产队大家一起干活挣工分的时候，然后激动的劲儿头涌来，干得热火朝天。

市场经济的迅速发展，人们的商品意识也越来越强。

如今摘花生的队伍收费更高了，一天五十块钱。但是花生的市场价格却一路下滑，由最高的六块多一斤，跌到四块钱一斤。

人们算了算，把所有费用加起来，再加上摘花生的工费，根本是赔本的买卖。因此现在你向老家的田野望去，已没有当年花生遍地的盛况。

现在人们都选择种植玉米。高高的青纱帐一望无际，遮天蔽日。相对于种花生，现在种植玉米更省事，市场价格好的时候，不但能保本，还可以小有盈利。

春耕秋收之忙

在农村，女性承担了大部分的家务劳作和田野里繁重的事务。

20 世纪 80 年代，因为农村还没有现代化的机械参与劳动，农活全部靠原始的人工，所以父母们一年到头挺辛苦的。不像现在，农村的田地劳作基本上实现了机械化，从种植到收获可以利用机器进行操作。

小时候去田野割麦子的情景还恍若昨日，如今收割机在地上转几个圈，金灿灿的小麦就被吐进口袋里，运回各家各户。

我们上小学的时候，早上大约四五点钟起来，星星还在天上闪着媚眼，露水湿重地挂在草头上，田野里已经人头攒动了。

农民们戴着草帽，拿着镰刀，去地里面收割小麦，干巴巴的麦秆被镰刀咔咔地切割下来，放成一堆，然后捆扎起来。因为我是女孩子，在家做饭的时候居多，所以都是哥哥和弟弟跟着爸妈去麦田里挥舞镰刀施展威风。

麦茬子金黄透亮，沉甸甸的小麦被扎成一捆一捆，然后用马车拉运到地头，堆积在一个特意碾压平整硬实的场地里。

麦收时节，家家户户都会在地头碾制这样一个场子来。

这个场子必须让骡子拉着石头碾子在场地上来回转圈，直到土壤变得坚硬如铁才行。

假如场子土地不硬实，小麦粒会很容易钻进土里。惜粒如金的农人们舍不得浪费一粒粮食，所以必须把场院弄得非常干净平实。

等小麦捆子全部到齐后就用脱粒机进行脱粒。

　　每年人们最头疼的就是这个时候。六月天气，艳阳高照，人们戴着草帽，在毒日头下面，往脱粒机里面输送麦秆。

　　干燥的麦秆被机器搅拌后喷洒出来，麦粒则顺着脱粒机上面千万个小孔流淌下来，堆积在土地上。

　　麦秆扬起的灰尘落在人们的身上脸上，连擤出的鼻涕都是黑色的。

　　母亲包裹着头巾，举着木叉子，飞快地挑拨着麦捆子，父亲则骑在脱粒机身上，往脱粒机里面塞麦捆。

　　脱粒机飞速运转，根本容不得人们有片刻停留歇息，即使父母这样马不停蹄地忙碌，也塞不满脱粒机的肚子。

　　我们手忙脚乱地搬运麦捆子，一天下来，再白亮的皮肤也能晒得黝黑发亮，摸一下生疼生疼的。晚上洗完澡后，晒伤的一层皮肤就脱下来了。

　　我们只干了一会儿就累得直不起腰来，母亲却越战越勇，顾不得擦拭脸上汗珠，身上的汗水顺着脊背往下流，衣服上挂着白花花的汗渍。

母亲的声音已经嘶哑了，还不忘嘱咐我们，手里不停地往机器里装填着小麦。回家后，筋疲力尽的我们瘫软在床上，母亲则温柔地过来问我们想吃什么，然后就去准备晚饭了。

她仿佛不知疲倦，就这么日复一日操劳着，三十多岁，鬓角已有了白发。她让我帮她拔掉，看着那根根白发，我心里真是觉得愧疚。

那个时刻就盼望脱粒机停下来吧，让母亲休息一下吧！

冰棍是夏日里最消暑的美食，母亲却不舍得给我们买，一分钱一根的冰棍甜丝丝的，我童年却很少吃。

为了省钱，母亲给我们买糖精冲泡成水喝，这个味道还不错。她用刚从水井抽出来的冰凉透彻的地下水，冲入糖精，搅拌几下，我们喝几口下去，感觉凉快了不少。

小麦脱粒完成后，就可以收回家晾晒入瓮了，这一年的粮食被稳稳地囤积起来。

有时母亲用小麦换西瓜，换苹果给我们解馋。

麦收时节也是西瓜丰收的时候。

早几年家里种西瓜的时候，母亲跟着父亲去地里面批发西瓜，三分钱一斤。看着大卡车一车一车把西瓜从沙河地里拉走，农民手上也多了不少钞票。

母亲还在西瓜间隙点甜瓜和面瓜。因为她自小在生产队管过甜瓜，所以经验丰富。母亲种植的瓜果不仅产量高，而且好吃。

有一年甜瓜大丰收，我跟弟弟去西瓜地里摘出一个特大甜瓜，差不多三斤重，还摘了许多面瓜，足足摘满一口袋，扛回了家。

父亲一个劲儿叹气，他担心大夏天没法处理这堆瓜果，那个年代没冰箱，熟透的瓜果在伏天过一晚上肯定就烂了。

父亲让母亲赶紧推着车子去村里叫卖，当时会种甜瓜的人很少，人们也很少吃，母亲没有出村子，甜瓜就卖光了。母亲疲惫地骑车回来，喝了几口水，高兴地跟我们炫耀她的瓜卖了好价钱。

　　农人们收割完小麦后，便在麦茬间隙种玉米。母亲拿着一种小刨子，在地上刨开一个坑，我放两粒玉米进去，种完后浇点水，然后静待玉米发芽。

　　玉米会在麦茬间发芽生长。玉米长势迅速，一天一个样子，几天就能蹿高一大截。待到八月份伏天过后，玉米秆就有一人高了。

　　这个时候去玉米地里施肥是个苦差事。闷热的天气，母亲提着桶装化肥，化肥气味熏鼻，穿行在过人高的青纱帐内。

　　吃苦耐劳的母亲一桶又一桶的把肥料慢慢播撒在每一棵玉米下。数千棵玉米，就靠她两只手一点一点地撒肥料。

　　施完肥料后，还需要浇水，把肥料泡化好滋养玉米。如此得了肥料的玉米，几日就开花，之后便结果了。

　　玉米地里不仅闷热，而且玉米长长的叶子上有很多毛刺，刮在人皮肤上，毛痒毛痒的，抓又抓不得，挠也没法挠。如果胳膊或者脸上被刮出几道红色印子，出了汗之后，蛰得皮肤又痒又痛。

如果不小心被玉米叶子上的黑色毛毛虫惦记上，就更加不好受了。

母亲这样日复一日的把秋收季节要干的活儿做完，不曾有一句怨言。

家里种了十来亩地的玉米，每到收玉米时，我看着连片的青纱帐，就开始犯愁。看着母亲一个一个地掰玉米棒子，我不禁着急："这么多玉米棒子，什么时候才能掰完啊。"母亲反而乐了："掰不完才好呢，谁不盼望大丰收啊！"

年成好的时候，母亲一边掰着又大又长的玉米，一边幸福地唱起小曲。他们那个年代经常唱的红色歌曲特别振奋人心。

在没有除草剂的时候，都是家里人去玉米地里除草。每天凌晨四五点，东方天空刚刚泛白，母亲就起床去田间拔草了。

等到太阳高照时，她赶紧回家歇歇，然后到傍晚暑气稍退后，母亲又扛起了农具，走向田间地头。

如果雨季除草不力，等秋后收割完玉米，还得除草，否则无法耕种小麦。骡子拉犁耕地，根本耕不动地下杂草庞大的根系。

玉米成熟后，我们会砍倒玉米棵子，掰下玉米棒子，由父亲、母亲和哥哥一袋一袋背回家，然后把玉米堆放在房顶上码齐，任日月光辉把它晾晒干燥。地里面的玉米秸，需要晒干后再打捆运送回家。

往房顶上运送玉米也有危险性。母亲瘦弱的身子才八十来斤，却要背着百十来斤的袋子往上爬，我看着就心悬。

有一次，母亲不知道怎么搞的，脚没踩稳，双手悬空，快要从梯子上掉下来，看得我心猛地一紧，幸亏袋子勾住了梯子边缘，妈妈才没有从梯子上滚下来。要是滚下来，非摔伤不可。

事后，母亲心有余悸地说："幸亏了袋子，否则真摔着了，家里的活计谁来干啊！"

玉米田里秋草黄，锄地的镢头显得那么弱小，刀锋薄弱。

草蔓子盘根错节，四处铺张开来，除草的人们干不了一会就累得腰酸腿疼。尽管如此，人们必须抓紧干，否则过了时节，小麦就不好种了，会影响来年的收成。

我们不上学的时候会去地里帮母亲干活，父亲负责用骡车往田里输送大粪。等母亲把地里的杂草弄干净后，父亲就赶着骡车在地里堆起一堆堆的小粪堆，母亲尽量均匀撒开这些肥料，然后用最原始的骡子拉犁来翻动土地。

母亲牵着老骡子，围着土地来回转，等土地全部翻松了，还要整理平整，然后在松软的土地上犁出一道道沟壑。

待母亲撒上小麦种子，我们就光着脚丫子，拖着两块砖，在沟壑内拉着砖头走，据说这样可以让小麦长得更壮实。

霜冻后，给地里再浇上一次水，就可以等待小麦开花结果了。

畜养家禽，贴补家用

清贫寂寞的乡村，苦日子里有美食的点缀，也是相当愉悦的。

最常见的美味就是鸡蛋。家里每年都养鸡，鸡蛋也能攒不少，但是母亲舍不得让我们吃，都拿去卖了。笨鸡蛋是很受市场欢迎的。

我自小就喜欢逗弄小动物，所以由我帮母亲伺候小鸡崽子。

每天放学回来，我拿点菜叶子剁烂，拌上玉米面，往地上一放，四面八方的鸡崽子摇着尾巴，扑棱着两只翅膀，飞奔过来抢食吃。

后来我特意在母鸡吃食的时候，对它们喊：

"过来，过来。"慢慢它们形成了条件反射，我一喊："过来。"它们就摇晃着屁股，扑棱着两只翅膀，连跑带飞地过来了。

后来母亲也学我，喂鸡的时候就喊："过来，过来。"不再像传统那样喊："咕咕咕，咕咕咕。"

调皮的我有时去猪圈里扯小猪尾巴，看它嗷嗷乱叫，或者给小猪的肚皮瘙痒，看着它被挠得舒服地卧在阳光下酣睡，我就很开心。

有时我会抱住大公鸡，摸它的鸡冠子，梳理它五颜六色的羽毛。公鸡脖子上的羽毛细长，一层层覆盖，用手摸起来滑滑的，在阳光下闪耀着光泽。大公鸡抱起来沉甸甸的，很有分量，比母鸡重多了。

谁家孩子要挂锁，需要公鸡，都会过来借用我家的大公鸡。我特别好奇地问过母亲，什么是挂锁。

这种仪式只针对 12 岁左右的男孩子，而且是在封闭的小屋内进行，具体怎么操作，我自始至终都没目睹过，所以遗憾至今。

　　我从幼儿园到初中一直在家帮母亲养鸡，积累了足够的经验，能够分辨哪些小鸡是雄性。公鸡不下蛋，母亲不爱养它，一发现有公鸡就早早地卖掉。

　　阳春三月，小草发芽，鸟儿做窝，小鸡崽子成群结队地被孵化出来。

　　20 世纪 80 年代后期，农村已经有规模化的孵化场了。据说是把鸡蛋放在暖箱内，保持与母鸡相同的休温，用灯烤。

　　过一段时间，小鸡开始出壳，它用小小的嫩黄柔软的嘴巴敲开蛋壳，然后再一点一点地往外啄掉蛋壳，最后露出翅膀、爪子和尾巴。这个过程比较缓慢，最少半天的工夫。

　　倘若大人帮忙去掉蛋壳，想让小鸡崽子快点出来，这样做往往会适得其反。

　　母亲有一次忍不住伸手帮一只刚敲开蛋壳的小鸡掰下一块蛋壳，好让它快快地出来。

　　谁知道帮了倒忙，小鸡崽出来后渐渐憔悴萎

靡，然后不动了，后来竟然死去了。看来万事万物自有它的生长规律，要静待它慢慢地长大，万不可揠苗助长。

有一次，家里的老母鸡要孵小鸡，母亲便在大瓦罐内铺上麦秆，再放点旧棉絮，弄得软乎乎的，然后放上二十来个鸡蛋，母鸡便安安稳稳地卧在鸡蛋上面孵小鸡了。

母鸡是非常称职的母亲，可以一连几天不吃不喝不动，静静地窝在鸡窝内，瞪着两只亮晶晶的眼睛，警惕地看着周围。

如此几天下来，老母鸡的羽毛逐渐暗淡下去，体重也轻了，眼神却依然犀利，你若去看它，它就竖起一身鸡毛，威胁地发出咕咕声，狠狠地瞪着你，一副母亲护孩子的样子。

后来，邻居来串门看见了，对母亲说："母鸡不吃不喝可不行，这样母鸡会死掉的。"母亲才晓得，后来她硬把老母鸡从窝里拎出来，给吃给喝，让它出去溜达一圈后，再重新放回窝内。

不经意间，四十来天过去了，我们隐约听到小鸡稚嫩的声音，探过头去，发现母鸡脖子羽毛下面露着一只嫩黄的小鸡嘴巴，小鸡睁着圆溜溜的鸟眼珠，惊奇地看着周围的世界。

出来了第一只，很快就出来第二只，我们偷偷地守在旁边，看着小鸡崽子怎么敲碎蛋壳，从里面钻出来。

待全部的小鸡崽子出来后，鸡妈妈的重任完成了，它从鸡窝里跳出来，带着自己的孩子去院子里面散步觅食。

我按照母亲的要求，把小米用水浸湿，放在小鸡面前，它们只管叽叽乱叫，却不会吃。我就用手按着小鸡的嘴巴，使劲往下压，让它去试着啄米。几次下来，它们居然学会了，慢慢地都能自己觅食了。

小鸡的生长速度很快，只要两三天，小翅膀就露出洁白的羽毛。

毛茸茸的小家伙开始活泼起来，四处奔跑，学着觅食、喝水。

它们张着小嘴巴在水中汲水，然后抬头，小脖子一鼓一鼓的,要多萌就有多萌,让你恨不得把小鸡搂在怀内亲一口。

小鸡却不领情,在我怀里张着小嘴巴使劲叫唤。

如果仔细分辨,小鸡的叫声也有不同:小鸡啄米的时候是兴奋欢快的声音;遇到突然袭击它会有点惊恐地大喊;遇到新奇的事物,全体鸡群睁着黑溜溜的小眼珠定在一边,让人不得不爱它。

尽管我对小鸡爱意深深,母亲却始终把它们当作家禽看待。

秋收结束的时候,小鸡崽已经长大,母亲把小公鸡一个一个都捉了,拿去市场上卖掉。我好痛心,可是又没有办法,家里缺钱,卖掉小鸡能有点经济收入。被贫困折磨太久的她,最先考虑的就是增加收入。

成年公鸡好斗,尚未长成的半大鸡崽子也好斗,我发现凡是公鸡的幼崽在它的成长期,往往生长缓慢。

小公鸡幼年看不出公母的时候,只吃不长,天天撅着个秃尾巴,摇晃着四处讨食吃。

有一次邻家小母鸡窜进我家院子觅食，它撅着半大没尾羽的屁股，一扭一扭地疯狂冲我家的小公鸡杀过去，小公鸡毫不示弱地奔过来，小母鸡立马慌了，叽叽嘎嘎连飞带跑地落荒而逃。

小公鸡仔还不罢休，伸着笔直的脖子，摇晃着没毛的屁股，一直把小母鸡撵出大门口才算完事。

我乐得在一边拍手大笑，待小公鸡得胜归来，急忙从菜园子里面捉了几只虫子犒劳它，它毫不客气地一口吞了下去。

这只勇敢的小公鸡果然不负我望，冬天的时候，它长成了一只漂亮的大红公鸡，我没事时，把它捉来喂食，跟它套近乎，借机可以摸摸它高傲的红冠子和五彩缤纷的羽毛。它见了我也是高兴地迎上来，喔喔直叫。

有一次我放学归来，它热情地冲我跑过来，我骑着自行车，眼看着车轮马上压倒它，吓得我大叫："快闪开。"

大公鸡一开始没明白咋回事，还眼巴巴望着我，等车轮马上就要压上它时，它突然一惊，从地上一挣扎,扑棱到旁边,躲开了车轮。

我心有余悸,怕它记恨我,赶紧弄点好吃的喂给它。

它长得太出众了,我越来越喜欢它。

到了年底,母亲盯上了它,要杀了吃肉。我死活不同意,可是我奈何不了父母。父亲无情地用杀猪刀划开了它细长的脖子,鲜红的血慢慢流出,它的生命就此了结。

我伤心欲绝,一个人躲屋里难过,弟弟嘲笑地说:"你可别吃肉啊。"母亲和弟弟给鸡拔完毛,母亲把鸡肉煮熟,端上了桌,鸡肉散发出香喷喷的味道,这对于一个穷苦人家的少年来说,诱惑力是非常大的。

我忍不住吃了一块,心里五味杂陈。

就在那天夜里,我梦到大公鸡向我跑过来,喔喔叫着,然后我惊醒了,心里一阵恓惶。

相对于公鸡悲惨的命运,母鸡因为要下蛋,往往会受到格外优待。春天孵化的小鸡,一般到初冬就可以下蛋了。

20 世纪 80 年代的农村，人们能靠养鸡下蛋卖钱，弄的零花钱，买个盐巴之类的。

那个年代的农村人如果想挣钱，出去打工都找不到地方。只能靠地里微薄的产出，能卖的就卖，好赚取一些收入。

我家的母鸡都是隔天下一个鸡蛋，偶尔也有身体壮的，每天下一个。

母鸡还没开始下蛋时，母亲常常抠抠鸡屁股，看看哪只今天会下蛋。我看母亲抠鸡屁股好玩，也试着把手仲进鸡屁股里面，哇，真烫，可是里面什么也没有。

母亲说如果摸着里面硬硬的，这只鸡今天就会下蛋，否则还需要等几天。

鸡蛋是怎么形成的呢？为啥它们可以两天形成一个鸡蛋呢？我心里一直有这个疑问。

有一次父亲宰杀老母鸡，我看到他从母鸡肚子里扯出很多卵，其中就有几个大小不一的小鸡蛋尚未孕育成形。

母亲说这就是鸡卵，有了卵子才能形成鸡蛋。

我家的鸡蛋都是母亲带着我去集市上叫卖的。母亲不识字，更别说算账了，所以她带我去就是帮她算账。我那时已经上初中了，算这些简单的账自然不是问题。

那时镇上的菜市场是村子里最热闹的地方，八九十年代的时候，商品市场不太活跃，村里没有菜店，百货店和小卖铺也不多。所以家里办事需要啥，都去镇上菜市场采购。

母亲用篮子挎着几十个鸡蛋，篮子上盖着毛巾，宝贝一样提着，带着我走向集市。

走大概半个多小时的路程就到了集市，我们找个位置蹲下，然后把篮子放在显眼的位置，这样来往的人们都能看到。

识货的老太太都喜欢买笨鸡蛋，她们觉得洋鸡蛋（养鸡场集体生产出来的鸡蛋）不好吃，没有笨鸡蛋香，因此，笨鸡蛋比洋鸡蛋的价格要贵那么几分钱。

有一次有一位老大爷买了母亲的鸡蛋，结算鸡蛋钱的时候，他与我发生了分歧。我是把斤数与鸡蛋的价格相乘，可是大爷不知道怎么算的，跟我计算结果不一样。他过来游说我，给我列公式，可是我反复演算自己的结果，确实没问题。

后来，邻居家卖菜的大哥拿着计算器过来，帮我们按了按，确定我算得没错。大爷后来没说什么，付了钱走了。

大哥对着那位大爷的背影摇了摇头，说老人家心眼不实，想蒙混我们娘俩。幸亏我上过学，会计算数字。

那一刻母亲对我刮目相看，这个她看不上的疯丫头也能指望了。

我跟母亲还卖过黄豆，镇上有一家专门卖豆芽的，他们需要买黄豆回去生豆芽菜。

一口袋的黄豆，几毛钱一斤，算下来也能卖个几十块钱，刚刚够上学的书费。

猪是家里重要的经济来源之一，它吃的是没有添加任何增长剂的玉米面或糠，猪的生长周期长，要一年才能出栏。

一头一二百斤的猪，按每斤一两块钱算，每头猪能卖几百块钱。家里养上几头猪，到年底卖点钱，足够过个风光富足的新年了。

20世纪80年代的北方，尤其是中原地区，农民除了在农田种植粮食，还养猪、羊、鸡、鸭之类的牲畜家禽。不仅可以给家庭增加经济收入，还可以囤积粪便，给地里庄稼施肥，形成一种自然的生态圈。

我们兄妹三人上中学的时候，家里开支很大，父亲就专门在院子里圈出猪池来，开始大量养猪。

母亲每天早上天不亮就起床，用大锅拉风箱，呼哧呼哧的声音是厨房里面每日必奏的交响乐。

母亲先给猪熬煮吃食，用大锅熬开水，放上红薯片，加点玉米面，再放一些白菜帮子之类的，熬煮得烂乎乎的，趁热倒给猪吃，猪争抢的叫嚷声经常吵醒我们。

后来流行给猪食加饲料，这样能加快猪的生长速度，以节省饲养时间。

记得有一年，寒冬腊月的，母猪要下崽。母亲跟着父亲去猪圈照看小猪，刚生下来的小猪崽子，要先把牙齿剪掉，然后放进屋内取暖。

母亲与父亲轮流守夜，时不时去猪池巡视，怕母猪压坏了小猪。另外，母亲还要给老母猪熬小米粥，催母猪下奶。

这批小猪崽渐渐长大后，父亲就把它们与老母猪分栏，单独辟出来的猪池用上了。

猪的食量惊人，一旦饿了就使劲儿叫。白天去地里干活回来，还没走到家门口，就能听到猪扯着脖子的嘶叫声了。

我也曾帮母亲喂过猪，每次还没等我放完猪食，它们就迫不及待地吃起来，有时候我不小心把玉米面撒在猪的脑袋上，猪也不理睬，只管埋头拼命地吃。

冬日清晨，我站在平顶的屋顶上，一眼望去，家家户户炊烟袅袅，勤劳的家庭主妇在给一家大小准备早点。

等天亮了，我们都起床了，母亲的早饭也已经准备就绪，在母亲的吆喝声中，我们穿衣穿袜下炕吃饭。

吃完早饭，我们纷纷上学去，母亲还要收拾碗筷、打扫家里卫生、清扫院子、收拾农具等。

我上高中时，不知怎么，家家户户的牲畜开始闹瘟疫，打针，灌药，灌肠都控制不住病情恶化，最后损失惨重的人们都不敢养猪了。

后来鸡鸭也因为这场瘟疫一只一只地死去。

从此母亲不再养鸡了，家庭经济收入也逐步依靠种花生。

家里那头很大的老骡子，从生产队拉回来后，在我家没待几年就得了疾病。

老骡子生病死后，家里又养了一头骡子，脾气很坏。有一次它挣脱了缰绳，要撒野跑掉，母亲急了，不顾危险去抓骡子的辔头。

骡子尥蹶子，撒欢使劲，母亲被掀翻在地，右手手指被辔头勒了，母亲疼得半天说不出话来，坐地上喘气。

我跟弟弟不知所措，父亲却大发雷霆，让母亲赶紧去医生家上药。母亲起身拿钱去了医生家，伤口经过医生处理，没什么大碍。

　　无论生活如何艰辛，为了孩子，母亲都咬牙坚持，千方百计谋得更好的生活，尽管瘦弱的身体不足百斤，却撑起了一个家，让孩子安心踏实地慢慢长大。

美食里的幸福生活

花生救济了我们的学海之路。后来我们发现了另外一条谋生之路——种红薯。

种植红薯可以改善沙土地贫瘠的土质，沙土地种出来的红薯，干净香甜。

母亲从小吃腻了红薯。想想新中国成立初，国家百废待兴，农民种红薯是最实惠的，因为红薯容易成活，旱涝保收，所以红薯是灾荒年月里的救济粮。

它不仅营养丰富，而且产量高、耐干旱，储藏得当可以从秋天吃到第二年的春天，饥荒年月不知道救活了多少老百姓。

　　妈妈有时候感慨，现在的猪都比她们小时候吃得好。我们听不惯，讽刺母亲："你现在吃的何尝不是以前地主吃的呢？"母亲点头说："是。"时代变了，以前想都想不到的，现在竟然都吃上了。

　　后来每家每户种植的红薯主要是用于喂猪。人们只是捡点好的来吃。

　　母亲蒸馒头的时候，偶尔会在锅里面蒸点红薯，我们捡一些好的吃掉，剩下的揉烂拌进猪食内。

　　过年蒸年糕时，母亲会煮点红瓤的红薯，然后把红薯和进糯米面内，点缀上红枣，放在蒸笼内蒸熟，一锅新鲜甜蜜的年糕就出炉了。

　　红薯还可以擦成片储藏，母亲拣大个完好无缺的擦成薄片，然后码放在地面上晒干。

　　母亲经常在收完红薯后，带着我们在地里擦，然后把红薯片晾晒起来，过几天再去收。

　　储藏的红薯片冬天可以用来熬粥，或放进玉米粥内，微甜的味道还是挺不错的。还可以把红薯片磨成粉，蒸个红薯饼子，吃时蘸点大蒜汁，味道甚好。

除此之外，红薯还可以用来做粉条。将红薯榨汁，取汁内的精华，晾干后就是粉面，然后用它来漏粉条。

老一辈的人做的粉条，是那种粗犷、厚实、有韧性的粉条，像腰带一样，入锅后经煮不烂。

当时谁家办红白事儿，都会用这种粉条，后来这种粉条逐渐淡出了人们的饭桌。

爸妈也做过几年红薯粉面，一是为了卖点钱，红薯粉面的价格还是可以的，总比卖红薯那几毛钱一斤要合算，另外还可以漏点粉条，逢年过节就不用买了。

红薯粉的制作程序虽不复杂，但是非常费力气。

母亲挑又好又大的红薯洗干净，父亲把红薯拉去机器那粉碎后，再装进口袋拉回来。

父母把拉回来的红薯粉面倒进几个大瓮内，然后用水冲洗，最后用一块非常大的白布揉搓红薯粉面，把红薯内的精华冲洗出来。

这样反复几次后，把红薯水倒进一个专用大

缸，沉淀几天后把上面的水舀干，大缸底层就是人们所期待的红薯粉了。

剩下的渣滓也不浪费，可以用来喂猪。

母亲把湿漉漉的红薯粉从缸底捞出来，放进一个大白布兜内，悬挂在梯子上面晾晒，待不再滴水半干后，就背到房顶上自然吹干。

这个过程非常漫长，从秋收十月份开始一直到深冬，红薯粉才能基本干燥，回收入缸。

如此艰苦的劳作，收获的仅仅是一二百斤的红薯粉。把好的卖掉，次的粉面就用来制作粉条或者用来蒸焖子。

我没有见过漏制粉条的过程，只记得那一年父母制作了很多粉条，大小不一的规格，一直吃了好几年才吃完。我喜欢吃那种宽大的粉条，可是因为太费火候，母亲做得不多。

制作焖子是母亲的绝活儿，邻居大婶们交口称赞，她们常常过来请教母亲如何才能蒸得又软又有弹性，母亲则悉心传授。

腊月煮完肉后，用锅里的肉汤和红薯粉面，而且必须是热汤，可以把红薯粉烫个半熟，再把盛红薯粉的大碗蒸热，放入搅拌均匀的红薯粉后，将碗放进大铁锅内开蒸。

这样蒸出来的焖子又香又软，还可以吃到点肉丝，不油腻却香喷喷，我至今仍贪恋吃这东西。

用优质的红薯粉蒸出来的焖子颜色深厚，黑中透亮。如今再难买到纯正的红薯粉，蒸出来的焖子也都泛着白色，不知道是用什么粉面掺和而成的次品货。

刚开垦贫瘠的沙土地的时候，人们万万料不到，它居然可以种出西瓜来，而且温热的沙土透气性好，能孕育出甜蜜沙面的瓜瓤。

很快全村人都知道沙土地种出的西瓜好吃又好卖。村里立刻流行起种西瓜，春天播种，大棚养育，麦收时节就可以上市售卖。

母亲跟着父亲把大卡车拉不走的小瓜放在马车上，沿村叫卖。他们卖完回来，我帮着数钱，父亲算了算，刚刚够了本钱。

　　西瓜虽甜美多汁，却耗损土地，种过西瓜的土地像失了元气一样，几年之内长不出好庄稼。

　　当年的西瓜丰收，换不回后几年的损失，实在是得不偿失。父母也是盼了几年之后，彻底放弃了种植西瓜，整个村子也不再奢望种西瓜能改善贫困的现状。

　　吃是老百姓的头等大事。从小备受饥饿煎熬的母亲，最担心的就是她儿女的肚皮。

　　每当我们出门远行时，母亲首先嘱咐的就是要吃饱，这是母亲对我们儿女最大的关怀与牵挂。

　　小时候吃饭时，母亲总是叮嘱我们多吃点，我们放下饭碗后，她总是习惯问一句："吃饱了吗？再吃一点吧。"结果，我跟弟弟都成了大胃王。

　　我小时候跟母亲撒娇，故意不吃饭，母亲抱着饭碗追着我，央求着我吃饭。哥哥说了妈妈一顿，不让她这么惯着我。因此很长一段时间，我都记恨老哥。

　　现如今，母亲又这样对待她的宝贝孙女，深受其害的我提醒母亲："别让她吃那么多，长胖了咋办?"母亲只得作罢。

时代变化得多么快，曾经害怕吃不饱的母亲，遇到了怕吃太饱长胖的年代。这也是让她无可奈何的事情，当年物质贫乏带来的更多是心理的不安。

这些不安让她养成了囤积食物、攒钱等习惯，只有这样，她才觉得心里踏实。

我相信 20 世纪五六十年代的母亲和农村出来的孩子，都经历过贫困时代，后来逐步富裕起来的生活，虽然有了各种丰富的物质资源，却未能消除饥饿给他们留下的难以磨灭的印象与心理影响。

每当晨曦微露，母亲点燃柴火，噼里啪啦的声音把我们从睡梦中吵醒。

青烟袅袅升起，飘荡在华北平原的上空，开启了农村寂静朴实的一天。

20 世纪 80 年代的北方农村，人们的早饭常常是玉米面粥，或加上青菜之类的，俗称菜饭，午饭是白面馍，晚饭是面条或者稀饭。

全家人都很喜欢吃菜饭，唯独我一直不喜欢吃，到现在也无法接受。但那会儿没别的吃的，只好勉强自己吃。

农家的饭桌上一年四季最缺乏的是蔬菜，只有夏天才能吃点黄瓜和豆角。春天青黄不接的时候只能吃白萝卜咸菜和胡萝卜咸菜，偶尔能有一个洋芋菜，算是不错的。

我们兄妹三人，前后八年的初中时间，母亲也坚持了八年给我们按时起床做早饭。她偶尔累得起不来的时候，就赶紧给热点儿前一天的剩饭，从没有让我们饿着肚子去上学过。

冬天昼短夜长，母亲起来做好早饭，或者单独给我们上学的孩子做完饭，天都还没亮，等我们骑车走后，她就又躺下接着睡了。

那会儿没觉得有啥特别，甚至认为母亲起早贪黑地做饭是天经地义。后来与同学们聊天发现有的同学是自己每天早起做饭吃，有的是爸爸给做饭吃，还有的是自己随便买点，甚至有的人饿着肚子就上学去了。

我才知道，原来并不是每个孩子的母亲都这么有毅力，能坚持这么多年，每天早起给孩子做饭。

一年之中美食最多的时候是逢年过节的时候。家里养的大肥猪会拉去宰杀，每家每户都会制作出各种各样的美食。

中国农村最早流行养的是黑猪，黑猪肉膘肥，出油，是缺油少荤腥的庄稼人的最爱，大肥肉片，庄稼人一口就能吸溜一碗。

不知道从什么时候开始，农村开始流行养大白猪，说是肌肉多，城里人喜欢。但是按普通老百姓的口味来说，真心没有黑猪肉香。

杀猪对于农村孩子来说，是非常有吸引力的一件事情。一是有好吃的，孩子们自然兴奋；二是杀猪是件稀罕事儿，只有春节的时候才会大张旗鼓地摆阵势施行。

20 世纪八九十年代，民间都是手工杀猪。

每年过年最好玩、最刺激的就是去看杀猪了，那场面终生难忘。

　　三爷爷家是里外两间院子，外间大院就用来当屠宰场。农闲的时候，他的侄儿们都爱跑去他家聚会侃大山。

　　每年冬月时，家家户户就开始准备杀猪了。

　　堂兄弟齐聚三爷爷家商量今年怎么开展屠宰。

　　开屠宰场杀猪可是个大活计。杀一头猪五块钱，村内另外一家专业杀猪的价格要贵两块钱，但爷爷叔伯们收费低一点，也是为了方便乡里乡亲。

　　如此，前来杀猪的人络绎不绝，一个多月下来，大家都分得不少钱，父亲能挣百十块钱，足够过年的费用了。

　　父亲拿出杀猪刀，据说是爷爷祖传下来的，在磨刀石上磨着，边磨边用手指试试锋芒。那刀子闪着寒光，亮闪闪的刀刃，细长的弯刀，爸爸会把一根头发放在刀刃上，吹一口气，毛发便断了。

　　我们家的叔伯兄弟们齐上阵，加起来共十人，这十个兄弟一起杀猪，阵势很大。

　　院子里面横七竖八地躺着几头猪，黑皮的、花皮的、白皮的颜色不一，有的睡觉，有的四处闹腾，有的哼哼，可是一旦听到被宰的猪惨叫连连，其他猪无论离得远近，都吓得浑身哆嗦，有的甚至跟着一起号叫。

几个壮汉将猪捆到杀猪台放血，有灵性的猪都会死命反抗，它们意识到这是不好的兆头。曾经有一头壮猪在院子里拼命地奔跑，几次三番都按不住它，直到最后这猪架不住人们轮番上阵，精疲力竭地口吐白沫，倒在地上。

杀猪台上鲜血淋漓，新的血渗进了满是旧血的石头缝儿内，形成了斑驳的褐色石台。

放血是个技术活，要选好插入的位置，插入深度也要合适，血才能放得干净，否则肉质就会受影响。

这个任务一般都是黑子叔叔来完成。黑子叔叔年轻气力足，眼疾手快，一刀捅下去，刀子抽出时，血就哗哗地喷洒出来，流进下方的盆里。

小孩子既害怕，又想看，我起初也不敢看，后来习惯了，就敢直视放血的过程了。

有一次有一头刚放完血的猪，人们看它不动弹了，以为死去了，没想到它突然从杀猪台上蹦下来，一边哼哼，一边在院子里拼命地跑，吓得大人小孩都惊叫着睁大眼睛看猪在场院里狂野地飞奔。后来几个大汉好不容易重新把猪捉住，摁在了石台上。

有经验的伯伯说肯定是没放完血，猪有好几个心室。这头可怜的猪，又被捅了一刀，这一刀下去，剩余的一点血全部流出来了，它再也没力气闹腾了，吐了几口气后，慢慢闭上了眼睛。

叔伯们从放完血的猪后腿上开一个口子，把一只铁棍子插进去，用铁棍了捅猪的皮肤，把四肢都捅遍了，然后捅腹部，最后捅头部。

捅完后，开始人工吹气，还是黑子叔叔厉害，他肺活量大，都是他干这个活儿。吹的时候要鼓足劲儿往里面吹气，使猪内捅开的气道充满气体，直到猪的身子被气体膨胀得鼓鼓囊囊的，仿若一个猪皮偶。

待死猪的四肢僵直之后上挠钩，挂住两只后腿，然后众人一起使劲，把猪扔进盛满滚烫开水的大铁锅内来回翻滚。

这时猪毛已经烫软，人们就开始给猪去毛。用刀子刮着猪皮，发出刺啦刺啦的声音，那是猪毛被刮下来的声音。

猪毛刮干净后，去掉猪头，然后把猪倒挂在树桩的横木杠上，继续剔除余下猪毛，最后开膛破肚，把猪内脏掏出来。

掏出的猪心、猪肺、猪肝等洗洗就可以了，而大肠、小肠和胃就需要人反复地洗，清除肠子褶皱内的粪便，需要洗十来遍才洗得干净。

猪的内脏去掉后，再把四只蹄子砍掉，左右身子劈开。一头完整的猪，就这样被分成几大块猪肉后，由主家拉回家去了。

有热情好客的主家，会留点东西给杀猪的人，父亲有时候会带点东西回来，哥哥弟弟也能吃上荤腥了。

有的地方流行杀猪菜，就是把杀完猪后剩下一些下脚料跟白菜和粉条炖一起，别提多好吃了。

村民通常在猪血里面放点盐，然后放在火上熬制血豆腐，也叫红豆腐。

　　因为我曾经直面鲜血迸流的过程，所以始终无法接受血豆腐，每次父亲带回来血豆腐，让我们吃，我就是难以下咽，母亲怪我不懂欣赏美味。

　　母亲最喜欢吃的是猪大肠，只有自己家里杀了猪，才会吃上猪大肠。她炒菜时放点猪大肠，哥哥弟弟吃得非常香，可我尝了一口，觉得有一股怪味，吃不下去。

　　有一年，家里杀了头黑猪，卖掉猪肉后剩下不少内脏。母亲清洗留下的大肠，一遍一遍不厌其烦地洗，看得我都不耐烦了。真是佩服母亲，太有耐心了，一点都不怕脏、不怕烦。

　　每年进了腊月后，各家各户开始准备过年的吃食。母亲用小车推着一两袋的黄豆去磨豆腐。因为制作豆腐需要卤水，卤水又可以去污垢，所以每年从二大伯家用水桶挑豆腐水回来，然后拆洗一年的棉被和褥子。

　　记忆中，母亲经常用木质搓板，一下一下地搓着陈旧的棉布被面，浑浊的豆腐水泛着黄色，温热舒服地浸润着冬日里母亲的寒冷的双手。

豆腐水去污能力强，既省洗衣粉，又不用烧热水，一举两得。母亲也让我洗过被面，那会我的手还小，搓两下胳膊就累得动不了了。

那时农村条件简陋，父亲一年都很少洗澡，他的被子总是家里最脏的一个，黑黢黢的污垢藏在棉布的细小纹路里，佩服母亲这么有耐心，能把父亲被面上一年积累下来的油腻腻的污垢洗干净。她每次给我洗衣服也是这样有耐心，反复地揉搓，直到污渍彻底消失才拿去晾晒。

豆腐刚制出来时冒着热气，酥软白亮，看着就有食欲。父亲用小车把豆腐拉回来，喜滋滋地招呼大家赶紧去吃。

刚出锅的豆腐拌上酱油也很好吃。只可惜我不爱吃那东西。

无论我爱不爱吃豆腐，对于曾经物质贫乏的20世纪80年代初期生活的人来说，豆腐算是一种诱惑力极强的美食。

母亲和父亲配合着，把豆腐切成片，放进热油滚滚的大锅内，待豆腐打个滚，就用笊篱捞出来，放进盆内控干油，然后用粗盐（不带碘的海盐）腌制，最后放进瓦罐内。

记得母亲把豆腐切成小方块，放在家里的房顶上冰冻。

寒冬腊月，滴水成冰，冻豆腐成了正月里无比美味的食物。相比白豆腐，冻豆腐更受欢迎。

豆腐好吃，但是制作豆腐的黄豆却不容易得到。那个时候，每家只种一小片地的黄豆，为的是冬季能吃上豆腐。

每年秋收时节，母亲把黄了的豆荚砍倒，用马车拉回来，扔到猪圈顶上自然风干。

冬月里闲暇时光，母亲用块手巾包住头，拿着大木叉子，使劲拍打黄豆秆子。干燥的黄豆荚在母亲用力地拍打下咧开嘴，从里面蹦出来粒粒黄豆。

母亲把黄豆扫在一起，用簸箕慢慢簸去豆皮和豆叶，捡出石子和土疙瘩，然后把剩下完好的黄豆颗粒归仓。

母亲常常是一身尘土，疲惫不堪。父亲很少插手此事，在他眼中，这些就是娘们该干的事情，而母亲也未曾抱怨过父亲。勤劳的母亲也许更乐意自己去完成，以打发闲来无事的寂寥。

正月里美食不仅仅有猪肉和豆腐，还有自己蒸制的馒头。

每年在大扫除后，母亲蒸几大锅馒头，放在正月里慢慢吃。

蒸馒头也要讲究花样，做成各种花形，点上红点，煞是好看，让人不忍下口。年糕、油条、麻花、丸子都是母亲亲手制作。

我们一到正月里肯定会胖几斤，这是每个做母亲最大的幸福吧。

母爱滋养着我们成长，孩子们终会有朝一日飞出去自由翱翔，然而驻守家园的母亲日渐老去，身体也日渐羸弱，病痛悄然侵扰了她后半生平静的日子。

求医问药，点滴恩情

在我上小学的时候，有一天突然莫名其妙嘴巴苦，吃不下油腻的菜，哪怕是　点花生油都不行，肚子也胀得厉害。

我告诉母亲后，她起初没当回事，后来看我难受得实在不行了，才带我去村里门诊医生那开了点药。我们前后去了三次，我吃了药后慢慢好了，嘴里不再发苦了。

可是长大后，有一次体检发现我没有肝炎抗体，我小时候没打过疫苗，这样推算出来，那时应该得了黄疸型肝炎。

粗心的母亲，不懂事的我，就这么侥幸地躲过一劫。

还记得有一年,暑假的伏天里,我跟弟弟去地里边玩耍边干活。可能是在野地里喝了点井水,下午我的肚子突然绞痛,是那种被撕扯地痛,弟弟马上骑自行车带我回家。

长长的小路看不到尽头,我坐在自行车后架上,痛得眼冒金星,虚汗直流,咬着牙坚持着,不断告诉自己马上要到家了,再忍忍,再忍忍。

快到村口的时候,有个斜坡,上那斜坡漫长而艰难,弟弟累得汗流浃背,我跳下车,咬牙爬上那几百米的斜坡。到了家里,我喝了点热水,也不管用,而且开始呕吐腹泻。

等母亲回来已是月朗星稀的时候了,她顾不得休息,赶紧扶我去了医生家里。当时我已经走不动了,眼前也开始模糊,四肢无力站不起来。

母亲背我走几步,扶我走几步,百米路程感觉走了很久。

到了医生家里,他不管我有多痛,依然慢条斯理地号脉。他一边整理医用棉花球,一边与焦急万分的母亲唠闲话。现在想来，那个医生怎么可以如此淡定地对待一个病得虚脱的孩子和一个焦急万分的母亲。

经过了漫长的等待，医生终于弄好了棉花球，蘸上酒精，给我打了一针。打完针我顿时觉得浑身无力，药水立马起了作用，本来还能支撑一会，这下彻底没劲儿了。

我回家后在床上打滚翻腾，止不住地呻吟。

母亲央求父亲赶马车拉我去镇上医院，父亲犹豫着把我弄上了家里的马车，往乡卫生所赶去。

家里的老骡子拖着疲惫的蹄子，嘚嘚嘚地敲打着柏油公路。

至今记得那个漆黑的夜和我难熬的痛楚，还有父亲一路上的嘟囔和母亲的沉默守护。

我实在不满父亲的态度，忍不住喊了他一句："不看了，回去！"父亲愣了一下，不吭声了。之后他的态度非常温柔，他大概意识到自己之前的不对。

到了医院，我眼前开始发黑，睁着眼睛居然看不清东西了，像个瞎子一样，母亲一直扶着我走着。

因为是半夜，医院的医生不肯起来，只在屋内告诉母亲去拿药。我们到了药房门口，喊了半天人，医生才给拿了几支藿香正气水和一些药片，于是我们起身回家。

回到家里，已经后半夜，我喝了口藿香正气水就睡了。

很多年过去了，每每提及此事，母亲还是心有余悸地说当时她吓坏了。邻居大妈问："你怎么能背动一百多斤的女儿？"母亲说她也不知道，只知道当时吓坏了，怕女儿救不过来咋办。

人生总是无常，每个人难免要经历与病魔抗争的日子。

多少年过去了，被岁月侵蚀掉青春容颜的母亲，显得无助而孤单。

在父亲重病卧床的两个多月时间里，母亲显得那么疲惫而苍老，子女们各自忙于生计，无暇顾及她的无助与担心。

我经常提醒母亲，平时要注意保健养生。奈何她年老固执，不乐意改变，宁肯把自己的身体托付给医院的医生，也不肯相信我说的一些保健之法，这让我非常气愤，却又无可奈何。

幼年的我觉得母亲对父亲的感情很淡，他们之间没有书上、电视上的夫妻那么柔情蜜意、鹣鲽情深。

这么多年过去后，或许母亲心目中还是对父亲一往情深的，如此她才能包容父亲的各种坏脾气、撒娇和耍赖。

也许传统观念对女性的情感表达压抑得太严重，使得她们的情感很难表露出来。中国女性在生活中更多的是隐忍与宽容，三从四德的文化枷锁深刻影响着她们。

父亲大病卧床两个多月，他去世后，母亲才告诉我，她其实大父亲四岁，但是从结婚到父亲去世，父亲都认为母亲只大他三岁。

我问母亲："大四岁就四岁，为什么不明确说出来？欺骗了父亲一辈子。"母亲无言。

也许是怕父亲不高兴吧，毕竟民间流传的是女大三抱金砖。人生匆匆，数十年已经过去了，再纠结也是无用。

父亲去世后，有一次我回家见到母亲在吃药，问她怎么了，她说头晕，医生说是大脑供血不足。我惊讶地发现，她跟父亲一样，生病了就用药片安慰自己。

她的状态语气跟父亲刚患病时的状态如此相像，或许她没意识到，父亲的习惯潜移默化地影响着她。

父母辈的婚姻为何如此稳定？他们对婚姻的坚守不仅仅是对儿女负责任，而且是一种生活信仰，生活哪怕再艰辛，他们也不轻言放弃。

母亲幼年家贫，为人父母后，几十年如一日地历经生活的酸甜苦辣，她始终固守家园，给了家人一个安定的港湾，守候着远在他乡游走的孩子们。

她生病了从来不告诉我们，普通感冒就硬挺着，实在扛不下去了，自己去医院拿药，然后该干什么干什么，很少因为疾病而懈怠。

有时候觉得自己很不孝，看着病中的母亲辛苦地给我们做饭、做家务，我很少搭把手。只要她有一点点力气，就像陀螺一样忙个不停，若让她停下来歇歇，她就浑身不自在。

用母亲的话来说，她是冬天的炉子——闲不住。

母亲三十多岁就有了白发，小时候还经常让我帮她拔掉，后来越来越多，拔不完就开始染发，黑发看起来还是显年轻。

自从我们远离家乡卜学后，很少再像小时候一样跟妈妈撒娇了。我的上学之路不仅是一段求知旅程，而且包含了父母的殷殷期盼。

求学艰辛，一路行来

我自幼对学校充满向往，原因不过就是怕周围邻居家的孩子都去上学了，没人跟我玩；再就是哥哥无时无刻地向我炫耀他在上学，我一个小丫头片子没上学，什么也不会。其实他不过早我几年上学而已。

那时觉得上学很神秘，我不由自主地被学校神秘的大院吸引。

记忆中，我经常一个人跑到村里的小学校园去看孩子们上学。

那是村里最老的学校，房子是尖顶的，与北方农村平顶的屋子截然不同。一下课从屋子里钻出来很多孩子，他们玩跳绳、玩沙包，你追我赶热闹非凡。

我在学校门口的大拱门转悠，不敢进去，我眼巴巴地看着院子里的学生们玩耍，心里更多的是畏惧。

邻居家有个女孩大我一岁，已经去上学了，见到我就问："你咋还不去上学啊？"我跑回家问母亲："我为啥不能上学?!"母亲说我还没到年龄。

终于到了我上学的年龄，爸妈去报名，给小我一岁的弟弟也报上名，我心里有点委屈和疑惑，为啥他的年龄不够就可以上学？

开学那天，弟弟跟我一起扛着小板凳去上学，当时爸爸把家里最好的一个板凳给了弟弟。在爸妈千叮咛万嘱咐后，我带着弟弟往学校走。

从家里出来，我们沿着胡同往西走，在土坯房子的胡同里七拐八拐，转了大半个村子，绕到学校附近，眼看着拐过前面的弯，就是学校大门口了，我突然停下来，心里很不舒服，不满意父母的安排，于是厉声让弟弟回家去。

弟弟委屈地说是爸妈让他来的。我很严厉地说了他一顿,僵持了半天,他最终没能拗过我,一个人背着破板凳回家去了。

我拿着好板凳,一个人得意扬扬地去了学校。我坐在教室里,心里越想却害怕,怕弟弟回家告状,我会挨打或者被臭骂一顿。

如此提心吊胆地过了一天,放学回家后,爸妈居然没问我为什么不让弟弟上学去,也没问我为什么没管弟弟就走了。我心里感到奇怪,弟弟没打小报告吗?还是爸妈没跟我计较?事情过了这么多年,我还是没勇气去问这件事儿的真相。

上小学时,有一次我放学跑去同学家玩,眼看着天黑了,我却乐不思蜀。等回到家已经很晚了,于是被母亲训了一顿。

我委屈地哭了半天,母亲为了让我长记性,不让我吃饭,说以后放学必须先回家,不许到处玩了,万一被坏人拐跑了咋办?

母亲很怕我们会被坏人拐跑,从小到大,每次出门总叮嘱我们不要跟陌生人说话,可我始终没按她的要求去做。至于她担心的各种不测,我们倒是从未遇到过。

　　长大后，每每遇到不好的事情也很少对母亲讲，就怕她的心理承受不了，怕她寝食难安，整夜做噩梦。

　　我上的中学离家比较远，每天上下学都要骑自行车回家吃饭，所以学车成了当务之急。

　　上中学前的那年暑假寒假，我最头疼的就是在母亲的逼迫下去学骑车。哥哥和弟弟都很轻松地学会了，我却摆弄不明白那个东西，真想砸烂它。

　　母亲理由充分，她说："你上初中要去乡中，离我们村子远，谁有空天天骑车送你接你?"

　　于是小学毕业后，我只好每天硬着头皮，推着家里的飞鸽二八自行车去野地里面学车。

　　突然有一天，我觉得自己开窍了，终于找到感觉能自如控制它了。于是乎，我直接上大梁，坐在勉强够得着地的车座上，胆战心惊地开始骑行。

　　但是车子太大，刚开始骑车经常撞墙、撞粪堆上，为此爸爸给我买了一辆二手的二六小车子。女孩子嘛，这算是对我的特殊照顾了。

谁知道车子总是状况不断，不是轮胎被扎，就是铃铛被偷，要么就是车梯断了，父亲没少为它生气，连带着母亲一起挨骂。

总算熬过了三年初中，我顺利地进入了县一中，终于不用再为自行车闹气了。

我离开了老家，告别了母亲，从此以后不用再受父亲的窝囊气，不用再看母亲伤心地哭泣，我将开启人生新的篇章。

我自小对图片情有独钟，喜爱收藏各种好看的图片，于是跟同学学习画画。

看他们怎么画，我也跟着画，花鸟、植物和人物都尝试过，最喜欢画的还是人物，古代仕女的美好形象在我心中念念不忘。画得最疯狂的时候，上课不听老师讲课，自己在下面偷偷画。

课本和练习本都成了我绘画的稿纸，有点零花钱也偷偷用来买白纸和铅笔。

同学们看见好看的作品，纷纷来索取，我当然来者不拒，好似打了鸡血一样，画得更上瘾了。

慢慢的我在同学中小有名气，可是这却惊动了爸妈。他们见我在课本上乱画，十分生气，以为我不务正业，不好好学习。

父亲埋怨母亲，母亲对我各种劝告，各种威胁，我不服气，跟母亲大吵一架，结果，她把我所有的画作都扔进了猪圈，看着雪白的稿纸在猪圈浑浊的泥水中飘荡，我的心疼啊，难过了很久。

其实母亲当时是恨铁不成钢，她怕画画会耽误我的学习，毕竟我在班上算是好学生，每学期期末都可以拿到奖状，让他们很有面子，很自豪。

毕竟大家都认为考大学才是正途，画画能干吗，又不能靠它吃饭。此事之后，我也学会了打游击，阳奉阴违。

从此我只在学校画画，并且把画的作品放在学校课桌内，或者送给同学们，自己从来不留。

母亲问起来，我就说再不画了。

没想到上了高中后，学校开了美术课外班，我一打听，学费太贵。爸妈能供我上学已经很不容易了，还要学画画，增加额外支出，并且高中毕业考艺术类院校，学费不是一般的贵，普通的农家根本负担不起，于是就放弃了。

中考要去县城，母亲不放心我跟同学住宾馆，非要跟我一起去。

她找了自己远房的嫁在县城的姨表姐，打算去她家吃住。

她刚收拾完家里的小麦，就跟我去了县城。

从小到大这是我第一次去县城，跟着既不识字，又不辨方向的母亲，到处打听问路，总算找到了表姨家里。碍于亲戚情面，大姨留下了我们，狭小的屋子没有电扇，憋闷炎热，晚上我翻来覆去地睡不着。结果，第二天考化学的时候，我居然在考场上睡着了。

不善言辞的母亲，也不会讨好人家，只给人家带了点家里的土特产，因此就有了一种卑微的感觉。

表姨还算不错，给我们做了好吃的饭菜，不算丰盛，却足够填饱肚子了。

儿时的我，更多的记忆是关于玩耍的，对好玩有趣的事物充满了无边无际的好奇。

而我对于家庭的感觉，对父母的亲情比较模糊。以至于离乡背井求学之后，也很少像其他女孩子一样思乡心切，晚上在寝室蒙着被子偷偷哭泣。

那是 1996 年秋后，我进入县一中上学，哥哥安顿好我后就走了，我面对周围陌生的面孔，显得那么的木讷。

到了晚上，大家都睡不着，有人因为思念家，有人因为想念母亲，开始偷偷地哭泣。

我非常惊讶自己怎么一点都不思念老家，不想念母亲呢？

我，我是不是一个无情的孩子？也许很深的感情会积攒在岁月的最深处，等到某一日，它如青烟袅袅升起，弥漫在我周围。

都说女儿离不开妈，可我为啥对母亲的依恋始终没有别人那么浓烈而细腻呢？

　　我脱离了农村的广阔天地，告别了童年那条白沙河，不用再担心母亲日夜监视了。高中生活简单，几个星期才可以回一次家。每次回家，母亲必会给我做好吃的，走时再带点。

　　由于我上的高中离家较远，母亲既不识字，也不认路，所以她很少去看我。

　　只有一次，她要来市里办点事儿，顺道打听到学校地址，跑来看我。她叮嘱了我半天，要吃好、睡好、好好学习，然后她从包里拿出一件新做的红棉袄。

　　鲜红的棉布上绽放着各色花朵，柔软而暖和，可我不想要，觉得冬天有毛衣就够了，棉袄太厚，穿上鼓囊囊的太难看。母亲只好悻悻地走了，把棉袄也带走了。

　　看着母亲瘦弱的身子越走越远，我突然有点后悔，我发现她老了，走在人群中是那么的渺小。

　　1999年我高中毕业，我的高考成绩并不理想，只能走省内院校，这非我所愿。我心里着实失意，万般不情愿，对啥事都没兴趣。

我把自己一个人闷在屋内不吃不喝。母亲看了心疼，低声啜泣地进屋内劝我。也许我的样子吓坏了母亲，以至于她没有让我停学，没有让我留在乡村等待嫁人，而是赞同父亲让我去复读。

万念俱灰的我不想就此隐没在农村这寂寞的乡野间，不想当个普通女子嫁人生子，然后过着单调无趣的日子。

父亲来接我回家的时候，班主任给父亲说我着实聪明，就是没踏实学习，如果让我再读一年，保准能考个更好的学校。

父亲也认同班主任的说法，于是高考后我没有填报志愿，直接报名复读了。

上高中时，我们已经可以接触到许多课外书了。自小热爱读书的我如获至宝，徜徉于文学的殿堂里。

后来到了补习班，我受同桌的影响，开始看池莉、毕淑敏、琼瑶、席娟、金庸等作者的书。只要一本书在手，我能从早到晚一直看，忘记吃饭、喝水、写作业，直到全部看完。

复读一年后，大学通知书来了，我心里总算有了着落，但是没想到家里人却有了争议。

叔叔们劝我爸妈，一个女儿家上学有什么用，学费那么贵，每年好几千块钱，对于一个农村家庭是多么大的压力。在帮母亲干活儿的时候，我无意间听到她与父亲的聊天得知。

父亲虽然脾气暴躁，但他一直盼望孩子们能上大学，光耀门楣。女儿怎么了？女子强了也是不错的。

我心中十分感激父母那一刻的决定，母亲说宁愿砸锅卖铁也要供我们上学，只要我们有出息，跳出农村这个天地，就能有更好的生活。

临走前，父母始终不放心我一个人去，最后商议由父亲陪我。

我们坐了一晚上的火车，来到千里之外的地方。

自小叛逆的我终于摆脱了故乡寂寞无聊的日子，我要飞往南方，开始一个人的生活。

　　如今的生活是自己当初努力挣扎着追求的，其中的酸甜苦辣我始终埋藏在心底，从未向母亲透露过。

　　很少出门的她，也没法理解外面的世道。

　　我只盼古稀之年的母亲能无忧无虑地安享晚年，母亲活得幸福快乐就是后辈最大的心愿。

　　都说父母在，不远游。我在南方漂泊了一阵，决定回到离母亲不远的城市安定下来，以便随时听命她的召唤。

　　现在的母亲已经没有年轻时候的强健身体了，每次节假日，我回家看她，她总会跟我唠叨各种生活琐事或者身体不适。

　　她说有时候一觉醒来，胳膊腿儿会发麻或酸胀，也不知道是什么原因。

　　随着岁月的流逝，每个人都不可避免会衰老，包括母亲。

　　我们在母亲温柔的目光中渐渐长大，我们却没有关注母亲如何在岁月中渐渐变老。随着时光流逝，她已经开始依赖我们，听从我们的建议了。

未来的时光有多远，谁都无法预料，只愿在剩下的悠悠岁月中，我们可以陪伴母亲一起享受人世间这几十年的风雨兼程。

在母亲慈爱的目光中，我们慢慢成熟。

在未来点滴的时光中，我们一起老去。